LES ÉTAPES
DU SUCCÈS

JOHN ADAMS THAYER

LES ÉTAPES DU SUCCÈS

SOUVENIRS D'UN « BUSINESS MAN » AMÉRICAIN

TRADUIT PAR DANIEL LYNDS BLOUNT

PIERRE LAFITTE & Cie
ÉDITEURS
90, AVENUE DES CHAMPS-ÉLYSÉES
P A R I S

A MON MEILLEUR AMI

ET CAMARADE :

MADAME THAYER.

LES ÉTAPES DU SUCCÈS

UNE CONFIDENCE

Après trente années d'un labeur sans
relâche, des circonstances fortuites m'ont
éloigné du but que je venais enfin d'atteindre. Grâce à l'indemnité que m'accordèrent mes associés après cette séparation, je pus venir habiter Paris. J'y
rencontrai un grand nombre d'hommes
célèbres. Un homme de lettres avec lequel
je causais un jour et qui, bien qu'auteur
à succès, produit ce que les critiques sont
d'accord avec le public pour qualifier de
littérature, me dit : « Vous autres éditeurs, vous ne nous payez pas en fin de
compte dix sous, ni cinq, ni même un sou

1

le mot ce que nous écrivons. Il n'est pas
un de mes livres dont des chapitres entiers
n'aient été refondus deux, trois, quatre
fois. Des pages de manuscrit sont écrites,
récrites, puis détruites pour être recomposées à nouveau. J'ai travaillé des jours
entiers sur quelques centaines de mots
qui ne rempliraient pas une page d'un
livre ordinaire. C'est un vrai bagne que
d'écrire. Le terrassier qui travaille dans
la rue avec une pioche et une pelle a
une tâche relativement agréable en comparaison de la nôtre ».

En réfléchissant à ces paroles, je me
demandai s'il ne me serait pas possible,
à moi aussi, d'écrire un livre. Je croyais
avoir quelque chose à dire. Si l'art
d'écrire ne se peut acquérir qu'à force
de travail, je pouvais ne pas désespérer.
N'avais-je pas écrit et récrit des annonces,
réussi à satisfaire les intéressés, et, en
fin de compte, vu mes réclames réali-

ser des sommes importantes ? Mais une
annonce, sorte de petit conte, en somme,
n'est après tout que d'une parenté assez
éloignée avec un livre. Comment habiller
mes idées de façon à les faire accepter
dans la société polie de cuir et de toile
qui loge sur le grand rayon de la biblio-
thèque mondiale ? J'enviais l'écrivain
entraîné qui, connaissant le génie de
plusieurs auteurs, Howells le lucide,
Gautier le pittoresque, Dickens le des-
criptif, pouvait, comme je me le figu-
rais, faire choix de la manière la plus
appropriée et la façonner selon son désir.
Je sais maintenant qu'un écrivain, s'il est
sincère, ne choisit pas tel ou tel style
comme un imprimeur choisit tel ou tel
type de lettres. Bon ou mauvais, comme
le caractère chez l'homme, il doit faire
partie intégrante de l'écrivain.

Mais il me fallut apprendre cela par
expérience. Je tâtonnais encore à la

recherche de la vérité, lorsqu'on me conseilla de lire les mémoires d'un général
célèbre. A la fin du premier chapitre, je
mis le livre de côté, car il n'y était question que d'ancêtres. J'ai, moi aussi, des
ancêtres ; l'un, dit-on, fut illustre du
temps de Guillaume le Conquérant, mais
ces fantômes flous n'avaient joué aucun
rôle dans ma propre vie et n'avaient, par
suite, rien à faire dans mon livre. Déçu
au sujet du général, je résolus de raconter
mon histoire à ma façon. J'ai évité avec
soin les dates et les chiffres, une cause
d'ennui la plupart du temps. J'ai insisté
sur certains détails lorsqu'ils m'ont paru
indispensables : de vieilles lettres, des
albums, conservés depuis l'enfance, me
les ont maintes fois rappelés avec une précision que nulle mémoire, aussi exercée
fût-elle, ne saurait égaler. Bien que j'eus
la bonne fortune d'en connaître quelques-
uns dans l'intimité, je n'ai pas essayé de

dépeindre ou de caractériser les chefs ou
les compagnons de travail que j'ai cou-
doyés au cours de ma carrière. Je me
suis contenté de noter, en toute sincérité
et sans ombrage, quelques simples vérités, et j'espère que l'esprit le plus roman-
tique ne verra rien d'autre entre les
lignes.

Cette autobiographie est une histoire
de lutte sans relâche dans laquelle la
chance n'a joué qu'un rôle obscur. Un
ami m'écrivait à ce propos : « Lorsqu'un
homme débute comme imprimeur et s'im-
pose l'habitude de travailler un nombre
illimité d'heures par jour, en concentrant toute son énergie, en développant
chaque atome de son originalité et de
son initiative, je ne trouve pas que ce
soit à proprement parler de la chance s'il
arrive à un résultat après quarante et
quelques années ».

Si ce livre m'a coûté du souci, il m'a

aussi procuré du plaisir. Vivre à nouveau
sa vie d'affaires, comme je l'ai fait ici,
est un privilège dont peu ont l'occasion
de jouir. Avec l'optimisme qui m'a toujours accompagné, qui a toujours été
pour moi un encouragement, j'envoie ce
livre par le monde. La jeunesse américaine, la jeunesse de tous les pays, ont
l'ambition de faire œuvre de valeur. Il n'y
a qu'un chemin qui mène au but : le
travail.

CHAPITRE PREMIER

ÉDITEUR A TREIZE ANS

Tout enfant, sur l'estrade de l'école, un jour d'examen, en présence de parents et d'amis, je récitai ces vers :

Lorsque je serai grand, lorsque je serai homme,
Je serai un imprimeur si je le puis, et je le veux.

J'étais peut-être aussi insouciant de la signification véritable du couplet que de sa prophétie. Reconduit auprès de ma mère, je me tins, la main dans la sienne, et écoutai les autres enfants déclarer à tour de rôle : « Je serai avocat », ou « je serai clergyman », également inconscient que ces vocations figureraient également plus tard parmi mes ambitions.

Comme la publicité n'était alors reconnue ni comme art, ni comme profession, elle fut négligée par ces poètes en herbe.

Je ne sais plus d'où me vint l'idée d'entrer dans les ordres, mais le fait est que j'y ai songé. J'ai même dans mon album de souvenirs une lettre d'il y a vingt-cinq ans du Secrétaire de l'Association Unitarienne de Boston m'accusant réception de ma demande, et me promettant qu'elle serait prise en considération. L'affaire n'alla guère plus loin. Je consultai mon vieil ami, Daniel Monroe Wilson, auteur de l'ouvrage célèbre *Où l'Indépendance est née*, et à ce moment pasteur de la première Église Unitarienne de Quincy, Massachusetts. Je me souviens que bien qu'il ne me déconseillât pas de mon intention d'entrer dans les ordres, il me parla des maigres salaires que recevaient les pasteurs, de ses nombreuses mutations et des difficultés qu'il avait

éprouvées à contenter en ses sermons les
hommes importants de sa paroisse, et
d'intéresser en même temps les femmes.
Je sentis que j'avais en vérité une vocation
pour prêcher, mais j'en étais arrivé à douter de sa solidité. Si mon inspiration eût
été sérieuse, rien ne m'aurait arrêté.

L'idée d'entrer dans le barreau venait
de mon père, ainsi que celle qui en résulta et qui détermina finalement ma carrière. Né dans l'État de Vermont, mon
père vint tout jeune homme dans le Massachusetts au moment où Sumner, Wilson, et Wendell Phillips poussaient les
gens à réfléchir aux grands problèmes que
solutionna la guerre de Sécession. Il
s'intéressa vivement aux problèmes ouvriers, à l'abolitionnisme, à la réforme
monétaire et fut connu pour un homme
aux principes immuables, au franc-parler,
adversaire intraitable de l'esclavage. Ma
mère prenait à ces problèmes un intérêt

non moins vif. Elle avait de bonne heure développé un véritable talent d'écrivain, et, toute jeune, avait été avec Lucy Larcome et Mary Livermore, collaboratrice à ce journal jadis fameux de sa ville natale *The Lowell Offering*. Plus tard, elle écrivit dans des journaux de Cambridge, le *Boston Commonwealth*, le *Woman's Journal*. Le *Christian Guide* publia des articles hebdomadaires de sa plume, tant prose que poésie.

Ce fut de tels parents que je naquis à Boston, le 20 février 1861, quinze jours après l'entrée en fonction d'Abraham Lincoln comme Président des États-Unis; je reçus le prénom de mon père. Plusieurs diseuses de bonne aventure, que je consultai plus tard pour mon amusement, s'accordèrent à dire qu'à cette date Mars et Jupiter se trouvant en juxtaposition amicale j'aurais par suite beaucoup de chance dans la vie. Et c'est ce qu'on a toujours

pensé à mon sujet, mais, étant donné
que pendant les vingt années qui suivirent mon temps d'écolier, mon sort con-
sista à travailler de longues heures à un
petit salaire, j'en ai conclu, comme l'a
dit Matthew Arnold en parlant du génie,
que la chance est surtout affaire d'énergie. Je veux bien admettre, cependant,
que ce fut une bonne fortune pour moi
de débuter dans une communauté qui,
depuis l'époque coloniale, a connu tant
d'imprimeries célèbres. Ce caractéristique
local fut sans doute pour quelque chose
dans cette seconde idée de mon père à
laquelle j'ait fait allusion plus haut. Il
convenait de donner une éducation à son
futur avocat, et, se rendant compte que
« l'art de l'imprimerie », comme il l'appelait, était un grand éducateur, il m'a-
cheta au cours de ma treizième année
une petite machine à imprimer et une
fonte de caractères.

Je commençai par imprimer des cartes
de visite à dix ou vingt sous la douzaine,
car c'était alors la mode pour les jeunes
gens d'en échanger. En moins d'une
année, j'avais gagné de quoi acheter une
presse à pédale, et en augmentant mon
jeu de caractères, je fus à même d'imprimer des cartes d'affaires et d'effectuer
d'autres modestes travaux commerciaux.
Mon ambition excitée par ce petit succès,
je lançai un journal mensuel de quatre
pages, 10 × 18 de dimension. J'appelai
ce pygmée *L'Imprimeur*, et en tête de la
première colonne, m'intitulais « Rédacteur en chef et éditeur ». Sous la rubrique
« Conditions » on apprenait en outre que
le journal se vendait dix sous par an,
mais il avait été ajouté par précaution que
l'affranchissement annuel, s'élevant à
douze sous, était à la charge de l'abonné.
Le tarif de la publicité était aussi tentant
que le prix de l'abonnement. Quinze cen-

times achetaient une ligne, tandis que
soixante-quinze centimes assuraient dix
lignes à côté de texte « pur ». Mais, en
ce qui concerne l'obtention de publicité,
je ne me souviens d'aucun trait de pré-
cocité, d'aucune aptitude spéciale pour le
genre d'affaires que je devais suivre pendant tant d'années. La publicité que je
réussissais à obtenir était en général à
base d'échange, et du fruit, des bonbons
ou un paquet de cigarettes, pour usage
strictement privé, épuisaient en un clin
d'œil les gains d'une annonce de quinze
lignes. Mes vrais bénéfices étaient indi-
rects. Je faisais l'apprentissage d'un
métier de valeur, et, pour emprunter la
phrase d'Oliver Wendell Holmes, m'in-
toxiquai d'assez de plomb, pour colorer
mon avenir tout entier. « Persévère,
John », me dit Charles Walker, surveillant en chef de l'imprimerie célèbre de
la *Riverside Press*, dont j'achetais des ro-

gnures de papier pour mon journal minuscule ; « tu seras un jour à la tête d'une maison d'édition aussi grande que celle-ci. »

Entre temps je partageai les récréations habituelles de l'écolier américain. Nous prenions plaisir, en enfants de Cambridge, à nager dans le fleuve Charles au pied d'un vieux fort délabré surnommé « l'arsenal » ; nous faisions aussi du canotage, et une excursion de temps à autre de l'autre côté du pont vers le champ de course de Beacon Park à Brigton.

Nous ne prenions pas place dans les tribunes. Nous avions découvert, sous un coin de la palissade, un passage secret qui échappa pendant plusieurs saisons à la vigilance des gardes. La meilleure course à laquelle j'assistai ainsi fut celle dans laquelle Goldsmith Maid couvrit au trot le mille en 2 minutes 14 secondes, un record à cette époque.

Lorsqu'il n'y avait pas réunion, nous or-
ganisions entre nous des courses de vitesse de cinq cents mètres ou plus. L'un
de mes camarades était John Clarkson,
qui devint célèbre plus tard comme lanceur de base ball. Il était déjà à ce moment le lanceur des « Centennials », un
club de base ball dont j'étais capitaine.
Je n'oublierai jamais un de nos matches
avec un club de Boston. Les deux lan-
ceurs étaient excellents, et à la fin de la
cinquième manche aucun camp n'avait
réussi de course. Les « Centennials »
étaient dans le champ, Clarkson avait
mis hors jeu deux batteurs et l'émotion
était à son comble. Ma position à ce moment critique était celle d'attrapeur, et,
comme les gants et les masques coûtent
cher, notre club n'en possédait pas. Le
résultat de cette économie forcée fut
désastreuse pour moi. La balle suivante
que lança Clarkson n'était pas au-dessus

du plateau, et, comme il possédait déjà
beaucoup de cette vitesse qui devait faire
plus tard sa renommée, la balle me vola
entre les mains et, me frappant à la
bouche, m'étendit à la renverse. Contraint
d'aller me panser dans une maison voi-
sine, je trouvai en revenant que nos
adversaires avaient réussi trois courses.
Je pus néanmoins reprendre ma place,
et, comme le lanceur de l'autre camp
n'avait pas la résistance de Clarkson,
le club de Boston s'en retourna per-
dant. Je porte encore, invisibles pour
le monde, quelques vestiges de cette
partie de base ball, historique à mon
point de vue.

Quant à mon éducation au sens propre
du terme, elle fut solide tant qu'elle dura.
Je pris mon diplôme dans la Webster
Grammar School, et suivis pendant un
mois environ les cours de la High School.
Combien depuis ai-je regretté de n'avoir

pu poursuivre ces études, car la discipline
mentale de l'enseignement secondaire,
plus encore peut-être que les cours d'une
université, est du plus grand secours à
celui qui débute dans les affaires. Mes
parents cependant ne roulaient pas sur
l'or : il me fallait gagner ma vie. L'atelier
d'imprimerie devint donc mon collège
et le monde des hommes mon université.

J'en arrivai naturellement à chercher du
travail dans une imprimerie. J'avais non
seulement manié mes caractères à moi,
mais j'avais aussi pendant presque toute
mon enfance fréquenté l'établissement
voisin de la *Riverside Press*. J'en connaissais le surveillant en chef, un grand
nombre des ouvriers, et m'étais par suite
familiarisé avec toutes les branches du
métier. Ce fut ainsi que je trouvai mon
premier emploi, non comme commis de
bureau, mais comme véritable typogra-

phe. Mon salaire fut de 25 francs par semaine, mes heures de travail de sept à six.

L'histoire des cinq années suivantes est
assez brève à raconter. Ce fut une lutte
constante pour améliorer ma situation à
force de changer de place. Parfois un
changement entraînait une légère augmentation de salaire ; parfois, le même
salaire avec une occasion meilleure de
perfectionner mon métier. En cinq années j'entrai dans sept maisons, et gagnai
une expérience de réelle valeur, car
presque chaque imprimerie a son genre
spécial de travail. Avec mon premier patron, Daniel Dwyer, de Boston, j'obtins
mes premières notions de composition de
journaux, car il imprimait *Le Reporter
Quotidien des Hôtels*, feuille enregistrant
les arrivées aux hôtels, les pronostics
météorologiques, et des informations de
même valeur. Le communiqué météoro-
logique arrivait toujours au dernier mo-

ment et, comme il n'y avait alors qu'un tramway à cheval, toutes les heures, de Boston à Cambridge, le papier tardif me forçait souvent à choisir entre l'alternative d'une longue attente pour le tramway lambin et celle de rentrer à pied. Mainte nuit en traversant à pied le pont sur le Charles, je chantonnais pour me tenir éveillé le vieux refrain : « J'étais debout sur le pont à minuit », mais bien que ce fût le même vieux pont du poème de Longfellow, les clochers sonnaient toujours pour moi une heure plus avancée.

Longfellow lui-même venait de temps à autre dans la salle de composition où je travaillais. L'*University Press* de Cambridge, l'imprimerie la plus ancienne des États-Unis avait vu naître un grand nombre de livres fameux. Je me souviens d'y avoir travaillé entre autres à une nouvelle édition de *La Case de l'Oncle Tom*. C'était, bien entendu, ses propres

livres qui amenaient au sein de nos ter-
nes travaux les boucles et la barbe nei-
geuses de Longfellow. De silhouette
charmante, et de manières à la fois dignes
et douces, c'était un plaisir rien que de le
voir ; quant à avoir un mot avec lui au
sujet d'une de ses œuvres en train, c'était
là un précieux honneur.

Mon changement continuel de place
inquiétait tous mes amis. Il leur deve-
nait difficile de savoir où j'étais et ils en
venaient à croire qu'il y avait chez moi
quelque chose de détraqué. Cependant,
au cours de ces changements, mon salaire
augmenta jusqu'à ce qu'à l'âge de dix-
neuf ans j'eus une situation permanente
à 60 francs par semaine, avec l'espoir
d'une petite augmentation. Mais j'étais
trop ambitieux pour me contenter de cela.
Ayant entendu parler du succès de quelques jeunes gens qui avaient suivi le conseil historique d'Horace Greeley : « Allez

dans l'ouest, jeune homme », je décidai de quitter ma place actuelle et de me rendre à Chicago, qui pour moi représentait l'ouest. Cela fit une autre impression cependant sur mes compagnons de travail dans l'imprimerie. Ils avaient eu l'idée de me donner un couteau catalan et un revolver, mais, en apprenant que je n'allais qu'à Chicago, ils décidèrent que je n'aurais pas besoin d'armes, et me présentèrent en place leurs vœux de bon voyage.

Je me souviens parfaitement du jour où je descendis toucher le salaire de ma dernière semaine. Le directeur de la maison me regarda avec une bienveillance mitigée par-dessus ses lunettes, et me dit :

— Alors vous allez à Chicago ?

— Oui, répondis-je.

— Avez-vous une place là-bas ?

— Non.

— Eh bien ! dit-il, je suppose que vous en trouverez une ; vous possédez un bon métier. Mais souvenez-vous : « Pierre qui roule n'amasse point mousse ».

CHAPITRE II

TYPOGRAPHE SYNDIQUÉ

A cette époque, les syndicats ouvriers ne florissaient pas encore à Boston. Le pouvoir du syndicat des typographes y était si faible que ses membres étaient autorisés à travailler, s'ils le voulaient, à un salaire au-dessous du tarif syndical de 75 francs par semaine. La situation à Chicago était tout autre et avant mon départ un de mes compagnons de travail me conseilla vivement d'adhérer au syndicat et d'obtenir ainsi une carte de voyage me permettant de travailler dans toutes les imprimeries des États-Unis. Comme ceci entraînait un saut de 60 à 90 francs par semaine, l'échelle préva-

lant à Chicago, je prêtai une oreille attentive. En étudiant les conditions d'éligibi-
lité, je m'aperçus que le règlement pres-
crivait un minimum d'âge de vingt et un
ans, et sept d'années d'apprentissage. Je
me crus dans une impasse, mais mon
ami me rassura, car, me dit-il, bien
qu'âgé seulement de dix-neuf ans, ma
connaissance du métier était telle qu'il
essaierait d'arranger l'affaire pour moi.
Ce qu'il fit.

Pourvu de ma carte syndicale, j'entrepris un voyage qui s'est gravé plus
profondément en ma mémoire que beaucoup d'autres plus importants. C'était
d'abord mon premier et unique voyage
sur une locomotive, expérience que je
n'ai jamais désiré renouveler, le mécanicien ayant tiré plus d'amusement de moi
que je n'ai retiré de profit de son hospitalité. La ligne du Grand Trunk, que
je pris à cause de son tarif peu élevé, se

montra digne de sa mauvaise réputation.
Il y eut des retards invraisemblables, un
accident à la locomotive, et une perte de
près d'une journée sur l'horaire. Nous
arrivâmes enfin et je me mis à la recherche
d'une place. La valeur de ma carte de
voyage se révéla de suite. En moins de
deux ou trois jours, je trouvai un emploi
au tarif syndical.

Par contre, le désavantage d'être
membre d'un syndicat ne tarda pas aussi
à se révéler. Ma place était temporaire,
vint la morte saison, et je me retrouvai
dans la rue, victime de la défense
d'accepter un salaire non conforme à
l'échelle syndicale. Le travail était là. A
plusieurs reprises, pendant ces semaines
d'oisiveté, j'aurais pu l'obtenir. A la fin,
je trouvai un emploi des plus attrayants.
Le poste de contremaître dans une maison publiant plusieurs journaux d'éducation offrait une sorte d'expérience nou-

velle à tenter. Cette maison n'adhérait
pas toutefois au règlement syndical, et
mon salaire eût été de dix francs inférieur au tarif prescrit. Après de longues
réflexions, je me décidai d'en appeler
à l'autorité syndicale contre sa règle
d'airain.

Je me rendis donc au Secrétariat du
Syndicat des Typographes, et fus, de là,
référé au président d'un comité quelconque, que je trouvai dans la salle de
composition du quotidien l'*Inter-Ocean*,
préparant le numéro du jour. Je plaidai
mon cas dans ce forum. J'étais sans travail, j'avais besoin d'argent, qu'on me
permette d'accepter pour le moment cette
place au salaire inférieur, et je pourrais de
la sorte non seulement soulager mon
besoin, mais empêcher un *rat* d'obtenir
la place. Je crois que ce dernier argument dut frapper mon interlocuteur par sa
nouveauté. Les *rats*, ainsi qu'on appelait

les ouvriers non syndiqués, n'étaient pas
en bonne odeur à Chicago, et, comme je
développais avec éloquence la sagesse
qu'il y avait à les empêcher de trouver du
travail, je vis que ma cour d'appel était
dûment impressionnée. La permission
me fut accordée et je pris la place
tant désirée, jusqu'à la fin de la morte
saison.

Le fait que j'étais maintenant pour la
première fois contremaître me fit peu
d'impression, car, lié comme je l'étais
par ma promesse de trouver une place
dans une maison syndiquée le plus tôt
possible, je savais que mon autorité serait
de courte durée. La valeur de ce bouche-
trou résidait dans le caractère même de
la maison, parfaitement en accord avec
la croyance de mon père que l'art de
l'imprimerie est un grand éducateur.
Cette imprimerie différait beaucoup de
toutes mes autres places et les divers livres

d'éducation, journaux, brochures, qui
coulaient de ses presses, me firent apprécier le soin qu'on doit exercer dans un
travail de ce genre, et élargit la concep-
tion que je me faisais de ma vocation. La
fantaisie populaire s'imagine volontiers
un imprimeur comme un homme bar-
bouillé d'encre et s'occupant des machines,
ou un compositeur qui met en place les
caractères d'un livre ou d'un journal;
mais tout comme il y a de nombreuses
branches dans ce genre d'affaires, de
même il existe plusieurs sortes d'imprimeurs. Employé en son sens propre
et le plus large, le mot « imprimeur »
signifie beaucoup et fait venir à l'esprit
non seulement les noms de Gutenberg, de
Caxton, de Henri Estienne, de Franklin,
mais toute une suite de méditations sur
les rapports entre cet art et l'histoire de
l'humanité.

Hautement cotée, la maison où j'étais

temporairement contremaître ne pouvait
manquer d'influencer un jeune homme
avide d'avancement, mais, outre le bénéfice que je dérivais du caractère de son
travail, je jouissais du privilège spécial de nombreuses conversations avec
l'homme averti et instruit qui occupait le
poste de rédacteur en chef. Le jour de la
publication de notre revue, la dernière
heure avant d'aller sous presse était généralement consacrée à changer des mots
dans certains passages, et cette heure le
rédacteur en chef la passait avec moi. Je me
suis toujours émerveillé de la facilité avec
laquelle cet érudit retraçait l'étymologie
d'un mot, remontant jusqu'à sa source
première afin de n'employer que ceux
qui exprimaient avec le plus d'autorité sa
pensée exacte.

La morte saison passée, je trouvai de
suite une place avec la J. M. W. Jones
Company, une des plus grandes imprime-

ries de l'époque. Ici se présentait encore
une phase nouvelle du métier. Ils s'inti-
tulaient imprimeurs pour chemins de fer,
et, bien qu'ils fissent aussi des travaux à la
pièce, l'impression des horaires, des tic-
kets coupons, était leur genre particulier.
Il n'est guère de tâche plus monotone.
Pendant quinze jours, je me saturai l'esprit avec U P, D et R G, C B et Q, C et A,
P R R, etc., initiales des principales compagnies de chemins de fer, tout en com-
posant un livre de routes pour permettre
aux agents dans toutes les parties des
États-Unis de préparer des billets circulaires. N'entrevoyant aucune chance
d'avancement dans ce genre ingrat de
travail, je choisis un moment opportun
pour arrêter au passage le contremaître
et lui faire part de mes connaissances
relatives au travail à la pièce d'un ordre
plus élevé. Par cela, on entend la typographie des en-têtes de lettres, des bro-

chures, des invitations, et des commandes
de cette nature, d'après copie manuscrite,
et c'est un genre de travail qu'à peine un
compositeur parmi cent peut accomplir.
Par suite de la maladie d'un des typographes, on me donna l'occasion de prouver mon savoir-faire. Mon travail fut
satisfaisant, et on me garda de préférence
à des ouvriers de plus longue date qu'on
renvoya dès le retour de la morte saison.

C'est dans cette place que je pris
part à ma seule grève. Conduite avec une
dignité admirable, elle m'impressionna
vivement sur le moment, et mérite, je
crois, une mention. J'ai déjà dit que le
Syndicat des Typographes de Chicago
était une puissante organisation. Chaque
grande imprimerie avait une soi-disant
« chapelle », et, dès qu'il s'élevait une
difficulté dans l'imprimerie, le président
n'avait qu'à donner l'ordre et l'affaire était
discutée sur-le-champ. Un après-midi

j'entendis cet ordre, le président de notre
chapelle nous appelait. Il n'avait pas de
gavelle, mais le choc du maillet sur
la table de marbre, qui se trouve dans
tous les ateliers d'imprimerie pour l'im-
position des pages de caractères, nous
assembla de suite à ses côtés.

Lorsque les cent et quelques composi-
teurs furent réunis, il dit qu'un certain
nombre de membres lui avaient demandé
de convoquer une assemblée extraordinaire et, avec cette brève préface, il pria le
compositeur Cummings d'exposer le cas.
M. Cummings fut bref lui aussi. « Il y a
peu d'hommes ici, dit-il, qui soient satis-
faits du contremaître actuel. Je ne mets
pas en doute ses capacités de typographe,
ni de chef. La somme de travail qu'il
fournit journellement est extraordinaire.
Malheureusement , la somme de ses
jurons est tout aussi immense . Nous
nous en sommes plaints, mais le fait

est qu'il ne saurait davantage changer son langage grossier et ses façons brutales, que le léopard ne pourrait effacer ses taches. Nous sommes des hommes, non des esclaves. Je sais que je ne fais qu'exprimer la pensée de mes compagnons de travail ici présents quand je dis que nous avons besoin d'un nouveau chef. Nous avons déjà fait part de nos doléances au surveillant général, mais sans résultat. Je propose donc de quitter en corps cette salle et de n'y revenir qu'après l'installation d'un autre contremaître à la tête des ouvriers de cet atelier. » La proposition fut adoptée à l'unanimité, et, endossant tranquillement nos habits de ville, nous partîmes. Nous revînmes tous le lendemain matin. Il y avait un nouveau contremaître.

Le changement de contremaître ne m'affectait nullement. Accomplissant ma tâche avec célérité, je n'avais pas eu à

essuyer de juron de la part de l'ancien ;
je me flattais, du reste, de m'être
retranché en une place que je pourrais
conserver aussi longtemps que je le vou-
drais. Mais avec cette conviction vint la
question : Où ceci mènera-t-il ? Une
place de contremaître serait l'étape suivante après un grand nombre d'années
de service ; puis une imprimerie à moi,
ce qui nécessiterait un capital. Je décidai
que si j'avais l'intention d'être un jour
mon propre maître c'était évidemment à
moi de me familiariser avec le côté commercial du métier d'imprimeur, et, avec
cette idée en tête, j'enlevai un matin mon
tablier et me présentai devant le surveillant. En un petit discours, soigneusement
préparé, je lui dis que j'étais très au courant du travail artistique et savais, s'il
consentait à me transférer dans son service commercial, que je pourrais, à cause
de mon aptitude à dessiner et à préparer

des plans, donner aux clients des idées
qui augmenteraient leurs commandes.
Il me demanda quel salaire je désirais. Je touchais le salaire habituel de la
salle de composition, c'est-à-dire, quatre-
vingt-dix francs par semaine, mais j'étais
tout disposé, lui dis-je, à travailler pour
soixante francs par semaine jusqu'à ce que
j'eusse prouvé mes capacités. Le surveillant m'écouta patiemment jusqu'au bout,
me promit de prendre ma demande en
considération, et sans doute n'y pensa
plus. Je possédais alors peu de cette persistance que je trouvai si nécessaire par la
suite de développer, je ne lui renouvelai
pas ma demande, mais continuai dans la
salle de composition. Finalement, un an
après mon départ de Boston, la période
caniculaire se joignit à une attaque du
mal du pays pour me forcer à retourner
auprès de mes parents, mes amis, et les
brises salées que je savais si bien retrou-

ver en bateau à voile dans le port de Boston.

Le contremaître m'accorda à contre-cœur un congé. Sa dernière recommandation fut même de revenir au plus tôt pour permettre aux autres de prendre des vacances. Les connaissances et l'expérience que j'avais acquises dans l'ouest me furent cependant d'une telle valeur que j'obtins une place de contremaître à Boston au salaire de Chicago. Une autre année se passa de la sorte. Elle m'apporta un peu plus d'expérience, mais nul progrès réel vers mon idéal, et j'acceptai par suite l'offre d'un imprimeur de New-Bedford désirant un contremaître. Cet homme chérissait le rêve de lancer un quotidien, mais ce plan ne put être réalisé de mon temps, et la fin de l'année sous ses ordres me trouva prêt à un nouveau changement. J'étais, et le suis toujours demeuré, un sceptique invétéré en ce qui concerne le fameux proverbe de la pierre qui roule, que mon premier patron avait ajouté à ses souhaits de bon voyage lors de mon départ pour Chicago. La mousse, c'est pour les ruines. Dans le changement se trouvent les occasions de progrès.

Ce fut vers cette époque que je fis vraiment mes débuts comme courtier en publicité. La semaine avant mon départ de New-Bedford parut dans un des quotidiens, sous forme d'article, une réclame de trois colonnes décrivant avec éloquence les diverses entreprises locales. C'était, en vérité, une annonce avec toutes les apparences d'un article d'information. Le style élégant me semblait digne d'une meilleure cause, mais l'affaire en elle-même m'intéressait. J'eus la bonne fortune de rencontrer l'homme qui la dirigeait, il me causa de ses méthodes et des villes qu'il avait « faites ». Dès son arrivée dans

une ville, il s'empressait de réserver au
tarif habituel de publicité une ou deux
colonnes dans un des principaux journaux
de la localité. Puis il rendait visite aux
principales maisons faisant déjà ou non
de la publicité, présentait sa carte fraî-
chement imprimée de « Rédacteur spécial » au journal dans lequel pour le
moment il possédait quelques colonnes,
et faisait part de son intention de remplir
deux ou trois colonnes du numéro de sa-
medi de commentaires au sujet des principales maisons de commerce de la ville.
Il déclarait qu'une grande annonce n'é-
tait pas nécessaire : plus le paragraphe
était petit, mieux cela valait ; puis, si on
lui donnait un ordre, notait gravement le
personnel de l'établissement, la date de
sa fondation, sa spécialité. Le soir même,
ces notes étaient réunies en un article de
louanges irrésistibles. Si un commerçant
s'engageait pour vingt lignes, le para-

graphe en comptait quarante disposées avec un tel art, qu'en retrancher la moitié aurait entraîné la perte de tout l'article. A la longue le travail de rédaction était, bien entendu, presque nul. Si notre homme avait besoin par exemple d'un article pour un fleuriste, il n'avait qu'à se référer à un registre tenu par ordre alphabétique pour trouver un paragraphe élogieux ayant déjà fait la joie d'un bon nombre de clients dans d'autres villes.

La narration que me fit cet homme de son succès me poussa à croire que la publicité, alors en son enfance, était une corde qu'il serait peut-être bon pour moi d'ajouter à mon arc. En tout cas, cela m'offrait le moyen de gagner ma vie en attendant mieux. J'envahis donc l'État de Rhode-Island et inaugurai le système d'articles de rédaction dans le *Providence Times*. Je pris avec moi deux jeunes gens, leur avançant les frais de voyage

qu'ils devaient me rembourser avec les
bénéfices. Mes aides, cependant, ne firent
pas preuve d'aptitudes comme courtiers.
Ayant payé un acompte pour mes colonnes, il me fallait achever le travail,
mais comme je faisais presque tout moi-
même, payant en même temps les dépenses de trois personnes, mes gains personnels étaient minimes. Il m'arriva même
de travailler une nuit dans les bureaux du
Times comme compositeur afin d'ajouter
25 francs à mes fonds. Le propriétaire du
journal me félicita d'avoir pu remplir tant
d'espace en un temps où la publicité
était rare, et discuta même l'opportunité
de m'attacher comme courtier à son journal, mais rien ne fut conclu. Rien non
plus ne résulta d'une tournée que je fis
chez les imprimeurs de la ville. Il ne me
fut fait qu'une offre qui m'ait paru mériter
quelque attention. Un patron voulait se
retirer des affaires. Je devais diriger sa

maison pendant une année, puis la prendre à mon compte, et le payer avec les bénéfices. La maison avait été prospère, mais comme je regardais la salle avec ses coins sombres, son plafond bas, ses murs sales, je la voyais en contraste avec les grands ateliers de composition bien éclairés auxquels j'avais été habitué, et me dis en moi-même que ce n'était pas là que je devais passer ma vie. Avec cette décision, d'une importance plus grande que je ne soupçonnais, je me mis en route de nouveau pour Boston.

CHAPITRE III

LES FONDERIES DE CARACTÈRES
AVANT LE TRUST

Boston était pour moi ce qu'est la Mecque pour le Mahométan. La perspective d'y retourner sans place ne me préoccupait pas outre mesure. Je possédais mon métier et le syndicat des typographes ne me forcerait pas à travailler ici à un salaire spécifié. J'étais maintenant persuadé que le métier d'imprimeur et moi ne pourrions plus nous accommoder l'un de l'autre, et je me décidai de faire paraître une demande d'emploi dans une maison d'édition ou dans un genre d'affaires analogue où mon expérience précédente me viendrait en aide.

Une occasion se présenta. J'appris avec plaisir qu'il y avait à la Boston Type Foundry une vacance de quelques semaines dans le service des spécimens. Joie! Délire! Les mots sont trop faibles pour exprimer le sentiment que j'éprouvais. Accorder à un compositeur carte blanche dans une fonderie de caractères équivaut à lâcher un enfant dans un magasin de jouets. Rempli d'enthousiasme, je me présentai devant M. John K. Rogers, directeur et propriétaire principal de cette maison de confiance dont les débuts remontaient jusqu'au temps du Président Madison. C'était un citoyen de Boston de la vieille école, digne, courtois, aimable, et ayant tant de considération pour autrui qu'il hésitait à me laisser prendre cette place temporaire parce qu'il craignait de me voir perdre ainsi une situation permanente ailleurs. Mon ardeur surmonta cependant ses scrupules, et je fus engagé à ce même salaire de 90 francs par semaine auquel il me parut impossible d'échapper. M. Rogers eut soin de spécifier qu'il me prenait à son service pour une période n'excédant pas trois semaines, et que les heures étaient de huit à cinq. Ceci fut ma première expérience avec la journée de huit heures, et je montrai ma surprise.

« J'ai décidé il y a longtemps déjà », dit-il en plaisantant, « que la division propre du temps est de huit heures de travail, huit heures de jeu, huit heures de repos.

— Et 8 dollars par jours? ajoutai-je.

— Pas encore, jeune homme, dit-il en souriant. Pas encore. »

Je crois que j'aurais travaillé pour 8 sous par jour plutôt que de perdre l'occasion de passer quelque temps dans ce magasin de jouets. Les premiers jours furent pleins de surprises. Certains types de caractères — pour aveugles et pour les indigènes des îles Hawaï —, étaient nouveaux pour moi et cette maison en possédait plusieurs modèles exclusifs. C'était étonnant aussi de songer où allaient tous ces caractères, car on en fondait et achevait plus de 500 kilos par jour. Mais ceci se passait avant que la lynotype Mergenthaler eût révolutionné le monde de l'imprimerie. Or, tandis que les journaux hebdomadaires de province pouvaient se servir pendant une dizaine d'années de leurs fontes, les grands quotidiens, publiant plusieurs éditions par jour et imprimant avec stéréotypes sur rotatives, avaient besoin de renouveler leur provision tous les deux ans. Ni la presse hydraulique chaude, ni la presse froide, n'étaient encore en usage, et on avait coutume de faire des stéréotypes d'après des matrices de papier mâché, la matrice étant préparée de la vieille façon en don-

nant à coups de brosse au papier l'em-
preinte des caractères. Un journal bien
connu, le *Salem News*, s'imprimait encore sur rotative courbe et nombreux
étaient les paragraphes, qui, par suite de
justification trop hâtive, étaient *versés* en
cours d'impression. On comprend que
dans ces conditions nous eussions sans
cesse à envoyer de nouveaux équipements
de caractères aux journaux de New England et que leur clientèle fût un facteur
important dans notre chiffre d'affaires.

Mais la branche la plus profitable de
cette industrie, alors comme aujourd'hui,
était la fabrication des caractères pour
travaux à la pièce employés pour les
manchettes, les annonces des journaux,
les circulaires, les cartes de commerce,
les en-têtes de lettres et les travaux simi-
laires. De nouveaux modèles étaient lan-
cés de temps en temps par les diverses
fonderies de caractères, et lors de mon

entrée dans la maison de Boston il y avait
trois nouvelles séries prêtes à soumettre
aux imprimeurs. Il était amusant de re-
trouver, jouant un rôle dans la vente de
ces produits, un des plus vieux trucs du
commerce. Tout comme le marchand des
quatre saisons place les pommes les plus
belles et les plus rouges sur le dessus, de
même le fondeur de caractères choisit
exclusivement certaines grosses capitales
pour parer sa feuille de spécimens. Notre
alphabet comptait moins de vingt lettres.
A F L P T W et Y y étaient évitées, mais
M, considérée comme la lettre la plus
parfaite était choisie comme type et toutes
les autres lettres devaient s'aligner avec
elle. Deux tableaux-réclame imaginaires:

GEORGES DUMOND-CUIRS
GUY LATHAM-PAPIER

donnent une idée plus exacte de la façon

discrète dont le fondeur de caractères dis-
posait ses marchandises.

A force d'étudier les feuilles de spécimens dont on s'était servi jusqu'alors
pour montrer les nouveaux modèles, je
devinai pourquoi M. Rogers était si certain de n'avoir besoin de mes services
que pendant trois semaines. Mais j'oubliai
la limite fixée. J'entrevis une occasion
unique et je me sentis capable d'en profiter. Pourquoi ne pas étaler ces divers
modèles de façon si attrayante que les
imprimeurs ne se contenteraient pas
d'un coup d'œil rapide, mais seraient fas-
cinés, s'arrêteraient à contempler nos
modèles et décideraient qu'il leur était
impossible de s'en passer ? En rentrant
chez moi, après mon deuxième jour de
travail, j'achetai deux bouteilles d'encre
de couleur, rouge et verte, de la colle et
une règle ; et, les échantillons de caractères imprimés devant moi, je travaillai

tard pendant la nuit, préparant une feuille
de spécimens destinée à être imprimée
en couleurs. Jusqu'alors ces feuilles
n'avaient donné que deux ou trois lignes
d'échantillons, laissant ensuite à l'imagination de l'imprimeur, s'il en avait, le soin
de découvrir l'emploi le plus avantageux
de ces caractères. Ma feuille donnait non
seulement des spécimens de caractères,
mais montrait aussi la meilleure façon de
les disposer.

Emportant mon travail au bureau, je
le montrai à mon unique associé du service des spécimens, un homme des machines. Il le trouva original et frappant
mais émit des doutes au point de vue de
la pratique. J'appréciai davantage son
conseil de remettre l'affaire après déjeuner, un conseil qu'il est excellent de suivre
en bien des circonstances. Le meilleur
moment de soumettre une proposition à
un chef de maison est l'après-midi de

bonne heure. Je m'approchai donc de
M. Rogers, au moment où il n'était plus
préoccupé des affaires importantes de la
journée et où la petite bouteille de bour-
gogne qu'il affectionnait chaque jour était
encore un souvenir plein de chaleur et de
joie. Je le trouvai non seulement content
de l'intérêt que j'avais manifesté, mais disposé même, dès que je lui eus démontré
qu'il n'était point besoin d'être sorcier
pour imprimer en couleurs, de me donner
carte blanche pour marcher de l'avant. Il
en résulta que le troisième jour après
mon entrée en cette maison, je me vis à
la tête du service des spécimens, compre-
nant un homme, une presse, et, facteur
des plus importants, des caractères et des
matériaux en quantité plus que suffisante
pour mes besoins.

Ayant pris pied sur ce terrain, j'orientai
mon travail vers un but plus éloigné que
la vente de cette seule série de caractères.

Je voulais que cette feuille d'échantillons
amenât de suite, de la part des imprimeurs, des commandes d'une importance
telle que mon chef serait frappé de la
valeur de mon idée; songerait aux autres
modèles montrés de façon trop parcimo-
nieuse par le passé, et qu'il me serait possible aussi de déployer d'une manière
attrayante. Le jour où les feuilles furent
mises à la poste, j'eus soin que le contremaître de chaque grande imprimerie de
la ville en reçût un exemplaire. Le résultat fut tel que je l'avais espéré. Les commandes affluèrent de suite, la période de
trois semaines passa sans encombre et
des plans pour de nouvelles feuilles et de
nouveaux catalogues de spécimens se
multiplièrent avec une telle rapidité que
je me vis assuré d'un emploi aussi dura-
ble que possible!

Avec cette assurance d'une place permanente me vint la vieille question :

« Où cela mènera-t-il ? » Pierre ayant
roulé et profité à chaque tour, il m'était
impossible de m'installer dans un coin
confortable et d'oublier toute pensée
d'avancement. Je crus pouvoir avec mes
connaissances actuelles être de quelque
utilité à moi-même et à la maison en
visitant les imprimeurs comme courtier,
mais mon chef n'approuva pas cette idée.
Une autre proposition, tout aussi sensée à
ce qu'il me semblait, n'eut aucun effet. Il
y avait à Saint-Louis deux fonderies : la
Saint-Louis Type Foundry et la Central
Type Foundry, jadis succursale de notre
maison, devenue indépendante par la
suite et fabriquant les mêmes modèles
que la maison mère. Il me vint à l'idée de
conclure un arrangement avec la première de ces deux maisons pour établir
chez elle un dépôt de nos caractères et
d'acquérir ainsi un nouveau débouché
dans le sud-ouest. Il ne faut pas oublier

qu'à cette époque les caractères différaient
à un tel point d'une fonderie à une autre
qu'il était sage pour un imprimeur de
n'avoir qu'un seul fournisseur. Ces divers
types de caractères connus sous les épithètes de « Nonpareil » (corps six), « Long
Primer » (corps dix), « Pica » (corps
douze) et autres appellations aussi dé-
pourvues de sens pour le profane, furent
supprimés par entente mutuelle avant
même la création du trust des fonderies
de caractères, et tous les modèles américains et anglais furent désormais établis
sur une base uniforme de *points*. Conçu
pour s'accommoder des circonstances
désordonnées d'alors, mon plan avait
une valeur intrinsèque qui, je crois,
se serait justifiée dans la pratique. L'esprit conservateur de ces deux maisons
de Boston et de Saint-Louis était tel,
cependant, qu'il n'en résulta rien, hormis
la conviction personnelle qu'il était temps

pour moi de chercher une autre situation.

Je crus que des fonderies anglaises seraient susceptibles d'adopter des idées américaines, et j'écrivis aux deux principales maisons de Londres. La réponse de la Caslon Foundry était originale et me donnait un bon conseil. « Tout en vous remerciant pour votre offre de services », disait-elle, « nous nous permettons de vous dire qu'il vaut mieux, à notre avis, pour un jeune homme, de rester dans un pays neuf où la main-d'œuvre est, et restera sans doute pendant un bon moment, à prime, que d'aller dans un pays vieux où la main-d'œuvre est, et restera sans doute pendant un bon moment, au rabais ».

Ce fut, à la vérité, pour exploiter une invention de mon père, un marteau breveté que je quittai la Boston type Foundry. Ce marteau spécial dont j'entrepris alors la fabrication, était une améliora-

tion d'un modèle mis sur le marché avec
succès quelque douze années auparavant. Cet essai nouveau fut moins heureux. Des difficultés techniques surgi-
rent, et en moins d'une année, le prix de
revient avait absorbé non seulement le
bénéfice des ventes, mais aussi six mille
francs d'argent emprunté. Comme Boston
était suffisamment pourvue de mes marteaux, je me mis en route pour Chicago
avec une malle pleine de marchandises.

Mon arrivée coïncida, hélas! avec l'in-
ventaire annuel et il m'aurait été plus
facile de vendre des parasols à des Esqui-
maux.

J'en revins de nouveau à mon premier
métier. Je me présentai le lendemain
matin à l'imprimerie où j'avais été employé tant d'années auparavant. Le contremaître se trouvait être un compagnon
de travail du temps de « la grève aux
jurons ». Lui racontant brièvement mes

aventures depuis cette époque, je lui dis qu'il me fallait trouver de suite trois ou quatre semaines de travail.

« Très bien », dit-il. « Voulez-vous commencer maintenant ou demain matin ? »

J'enlevai mon veston.

CHAPITRE IV

DU TEXAS A BOSTON

J'avais bien résolu que ce retour à mon vieux métier ne serait qu'un expédient. Pendant la semaine suivante, j'écrivis donc aux principales fonderies de caractères de l'ouest, demandant une situation comme commis voyageur. Je rendais compte de ce que j'avais accompli avec la Boston Type Foundry, et joignais copie d'une lettre de M. Rogers contenant une phrase qui, j'étais certain, attirerait l'attention. Cette attestation, aussi vieux jeu de style que l'était son auteur, disait : « J'estime que les capacités et la conduite honnête de M. Thayer lui donnent droit à une place plus en vue dans le monde

des affaires. » Je reçus une réponse favorable de la Saint-Louis Type Foundry.
Ils avaient besoin d'un homme pour voyager dans le Texas, mais désiraient, bien
entendu, le voir en chair et en os avant
de l'engager. Je me débarrassai de mes
marteaux en les vendant à l'une des plus
grandes maisons de quincaillerie de Chicago, qui, dix ans plus tard, les avait
encore en magasin, dis adieu pour toujours à mon métier, et pris le train pour
Saint-Louis.

L'affaire fut vite conclue. Je devais
voyager dans les États du Texas et de
l'Arkansas, frais payés, à un salaire plus
élevé qu'auparavant. Cette perspective
me remplit d'enthousiasme. Le niveau
de quatre-vingt-dix francs par semaine
était enfin dépassé ! Comme ma maison fabriquait non seulement des caractères, des machines, et d'autres fourni-
tures pour imprimeurs, mais vendait

aussi du papier, je passai une quinzaine
à me promener à travers le grand établissement, pour étudier ce genre d'affaires,
qui m'était très peu familier. Au bout de
huit jours, je savais par cœur les diverses
classifications et pouvais, les yeux fermés,
indiquer la différence entre le papier pour
machines et celui pour livres, ou bien
entre les n° 1 et n° 2 pour journaux. Les
prix étaient élevés à cette époque et les
quotidiens payaient six sous la livre le
papier qui à présent coûte moins de deux
sous.

Ma première tournée devait durer
quatre mois, et le programme des deux
premières semaines avait été arrêté en
détail. Bien que ce fût en plein été, je
devais en cet espace de temps visiter
plusieurs endroits dans l'Arkansas, puis,
traversant la frontière du Texas, faire dix-
huit ou vingt villes les jours spécifiés sur
mon horaire. Je trouvai ce genre de vie

nouveau, des plus intéressants. Malgré
son nom, Hot Springs, Arkansas, fut frais,
mais une fois dans le Texas, je regrettai
les brises de mer et les nuits fraîches de
l'est. Je pensais à l'est aussi en me dirigeant sur la ligne de couleur. Un dimanche
de canicule dans New-Boston, au Texas,
alors que le thermomètre marquait impi-
toyablement 26° Centigrade, à l'ombre
sur le perron de l'hôtel où, livre en main,
j'attendais la soirée, un nègre s'appro-
cha, et, s'arrêtant à une distance respec-
tueuse, demanda un verre d'eau. « Cer-
tainement », dis-je. « Allez aux communs ». Mais je venais à peine de reprendre ma lecture quand : « Veux-tu te
sauver, sale nègre ! Il n'y a pas d'eau ici
pour ceux de ton espèce! » s'écria en
fureur la femme du propriétaire, et le
nègre passa comme une bombe. Le pauvre
être avait disparu avant que j'aie pu in-
tervenir, et je ne pouvais que me deman-

der ce qu'eussent pensé d'un pareil refus
un tel jour mes parents abolitionnistes
dans l'autre Boston.

Il était peut-être injuste, cependant, de
juger le Texas d'après les idées de l'est.
La vie y était encore en bien des localités
rude et désordonnée. La ville frontière
de Texarkana, qui, ainsi que son nom
l'indique, dépend à la fois des deux États
du Texas et de l'Arkansas, fut souvent le
théâtre de rixes au revolver. L'un de ses
bars de bas étage se trouvait si près de
la limite de l'État de l'Arkansas qu'un
fugitif n'avait qu'à traverser la rue pour
se trouver dans le Texas, et jouir d'une
immunité absolue jusqu'à ce qu'on ait pu
obtenir un mandat d'arrêt dans cet État.
D'un contraste curieux était la ville déla-
brée de Denison, qui, après s'être enor-
gueillie de ses vingt mille habitants, ne
comptait à présent sa population que par
centaines. L'histoire de sa chute est brève

à raconter : la ligne du chemin de fer, contre toute attente, ne passa pas là. Les usines et les demeures luxueuses tombaient en ruines ; les trottoirs étaient semés de trous et de mauvaises herbes ; les becs de gaz penchaient à la façon de la Tour de Pise ; et les habitants, ni campagnards, ni citadins étaient, faute de police, contraints de monter la garde à tour de rôle, la nuit, dans les rues silencieuses et désertes.

La vie d'un commis voyageur dans une telle contrée offrait peu de confort. Vous pensez bien que je ne me servais pas de wagons-lits. Quelques-uns étaient en usage sur l'express de luxe connu sous le nom de « Boulet de Canon », mais ils n'étaient pas pour moi. Lorsque la nuit me surprenait entre deux villes, je m'étendais sur la banquette d'un wagon ordinaire, avec une valise pour oreiller. Pour un voyage dans ces conditions, nul

ne sera surpris que mes dépenses aient été,
en moyenne, d'une douzaine de francs,
par jour. Une fois contraint de dépenser
près du double, je crus devoir expliquer
ma prodigalité dans mon rapport hebdomadaire à la maison. Sous la rubrique
« Remarques » j'écrivis : « La dépense
anormale de ce jour est due à ce que j'ai
quitté Waco à quatre heures du matin,
ai visité des clients à Temple et à Belton,
et ne suis arrivé à Georgetown que le
lendemain matin à trois heures. » J'acquis peu à peu beaucoup d'expérience.
Ma persévérance se développa et ma
connaissance de la nature humaine s'ap-
profondit. J'appliquai toute mon énergie
à obtenir des commandes de maisons sol-
vables, et, plus l'affaire me donnait de fil
à retordre, plus j'éprouvais de plaisir à la
réussir. A Galveston, par exemple, les
principaux éditeurs me répondirent qu'ils
faisaient tous leurs achats à New-York

et que je ne pourrais rien leur vendre.
Pourquoi m'achèteraient-ils, du reste,
puisque le prix du transport de New-
York par bateau était moitié de celui
de Saint-Louis par chemin de fer ? Néanmoins, en quittant cette ville deux jours
plus tard, j'avais en poche une de
mes meilleures commandes de cette tournée.

Ce résultat causa tant de plaisir à ma
maison qu'on me fit repartir dès mon
retour à Saint-Louis. Au cours de cette
deuxième tournée, j'ajoutai beaucoup à
mon expérience de vendeur, j'appris
aussi beaucoup au sujet des commis voyageurs, et je résolus, si jamais j'arrivais
sain et sauf à mon point de départ, que le
Texas ne me reverrait jamais plus. Ame-
ner ma maison à être d'accord avec moi
fut cependant une toute autre affaire.
Je m'en rendis compte, une semaine
peut-être après mon retour à Saint-Louis,

lorsqu'on me dit d'avoir à préparer mes
échantillons parce que le vieux, c'est-
à-dire le Président William Bright, avait
l'intention de me faire repartir immédiatement.

M. Bright, soit dit en passant, n'était
pas un homme ordinaire. Travailleur infatigable, dont le seul défaut était de se
trop préoccuper des petits détails, il mit
au service de sa société un esprit fertile
en idées. C'est à lui qu'est due l'applica-
tion du système des fiches à la tenue des
livres. Le grand-livre de notre maison
était tenu sur des fiches classées par ordre
alphabétique dans des boîtes en fer-blanc
brevetées par lui, une tige et un cadenas
maintenant chaque série de la façon connue aujourd'hui de tout l'univers. Heureusement pour moi nos relations personnel-
les furent des plus agréables. Je fus souvent son invité à déjeuner, et un visiteur
fréquent à sa maison de campagne. Je

rencontrai une oreille attentive, quoique étonnée, quand, sans mâcher les mots, je lui fis part de ma décision de ne plus voyager dans le Texas. Comme il me demandait mes raisons, j'en fournis de nombreuses, mais celle qui porta juste fut, je crois, celle-ci : « J'ai l'intention de me marier un jour, dis-je, et je dois à mon épouse future, que je n'ai pas encore rencontrée, de ne pas devenir commis voyageur invétéré, incapable de faire autre chose, et affligé, peut-être, de mauvaises habitudes. » Pour le chef d'une famille aussi heureuse que nombreuse, cet argument domestique parut des plus logiques, et il me demanda ce que j'avais l'intention de faire. Je demandai modestement qu'il me permît de visiter sa clientèle de Saint-Louis, un champ dans lequel il n'avait personne, et ma proposition étant à son goût, je devins courtier en ville.

Après une année de ce travail, choi-

sissant un moment opportun, je demandai à M. Bright s'il ne croyait pas
que je méritais un meilleur salaire. Il
hésita un moment avant de répondre.
« Ne soyez pas si pressé, mon ami », dit-
il, en me regardant avec bienveillance
par-dessus ses lunettes. « Il y a George, et
Ernest et Frank, qui ont grandi dans ma
maison. Si je vous augmente, je me ver-
rai forcé d'en faire autant pour eux. » Je
ne me rendis pas à la logique de ce raisonnement, et peu après trouvai une place
dans une fonderie de cuivre. M'aperce-
vant que cet acte était aussi maladroit que
mon entreprise de marteaux brevetés, je
commis une erreur plus grave encore que
celle d'avoir quitté la fonderie de caractères : j'y retournai. La fin d'une autre
année m'y retrouva marquant le pas.

Ce fut une lettre de chez moi, me disant combien mes parents en leur vieil-
lesse avaient besoin de moi, qui m'ai-

guilla enfin dans le bon chemin, et je
commençai à chercher les moyens de
retourner à ma ville natale. Ayant appris
qu'à la mort de M. Rogers, la vieille
Boston Type Foundry était passée entre
les mains de la succursale de Saint-Louis,
je demandai une place de commis voyageur pour le compte de mon ancienne
maison. Un nouveau catalogue des diverses fontes de caractères des deux maisons réunies était alors à l'étude, et
mon offre de me charger par-dessus le
marché de ce travail conclut l'affaire et je
fus engagé sur-le-champ. Mes frais payés,
non seulement pendant le voyage, mais
encore dans les villes que je visitai en
cours de route pour voir nos représen-
tants locaux, je retournai toutes voiles
dehors dans ma ville de Boston. Ce retour
au foyer est demeuré un souvenir très
touchant pour moi, car j'en vins alors à
apprécier la vérité, que beaucoup n'ap-

prennent que trop tard, que le vrai bon-
heur dans la vie consiste à faire celui
d'autrui.

La préparation de ce catalogue ne me
permettant pas de voyager continuelle-
ment, je combinais maintenant moi-même
mes tournées, sans m'astreindre à un iti-
néraire inflexible, et faisais peu de voyages
de plus d'une semaine. Je trouvai donc
ce genre d'occupation bien plus intéressant que mes tournées dans le sud-ouest.
Rudes, toutefois comme elles l'avaient été,
les expériences du Texas et de l'Arkansas m'avaient servi, et, grâce à leurs en-
seignements, je parvins à me faire plus
d'un client parmi les imprimeurs ou les
éditeurs routiniers de New England.

Le cas le plus dur que j'aie jamais
rencontré se présenta sous peu à moi
dans cette contrée de types excentriques
qu'est l'État de Vermont. Certain citoyen
entêté de Burlington avait une réputation

si défavorable que les voyageurs de commerce estimaient inutile de s'arrêter à sa porte. Au moyen âge, il se serait fait une lugubre renommée comme ogre, mais je ne me laissai pas intimider par les racontars. Me rendant de bonne heure à son bureau pour ma première visite, et ainsi que j'avais espéré, ne le trouvant pas chez lui, je montai à l'atelier de composition. Grâce à l'obligeance d'un vieil imprimeur j'eus bientôt gagné la confiance du contremaître. Son matériel, comme je m'y attendais, était très défectueux. Il me fit part de ses peines, je lui dis mon intention de voir le matin même son patron, et proposai de dresser une liste des caractères et du matériel dont il avait vraiment besoin. Le temps passa, et la liste croissait toujours. Enfin, dans l'espoir d'obtenir une commande pour une partie au moins, des articles notés, je descendis au bureau. Son courrier terminé,

« Le Terrible » était enfoui dans son fauteuil, barricadé derrière son bureau, les
soucis de l'univers plissant son front. Je
fus salué d'un vague grognement et
l'ogre continua la lecture de son journal.
M'asseyant non loin de lui, j'attendis qu'il
me parlât. Un quart d'heure passa. Tout
à coup, il se retourna brusquement dans
son fauteuil !

« Que puis-je faire pour vous ? » demanda-t-il d'un ton cassant.

Le ton et la formule m'étaient également familiers. Je les avais entendus trop
souvent pour trembler. Lui présentant ma
carte, je lui dis qu'il était de mon devoir
de rendre visite aux principaux éditeurs
de Burlington, que j'étais venu à son
bureau dans la matinée, et, que ne l'ayant
pas trouvé, j'avais visité son atelier de composition. En ma qualité d'ancien confrère,
j'étais certain de pouvoir lui être utile.

— Qu'est-ce que c'est, interrompit-il.

Je lui soumis ma liste.

— Voici ce dont votre contremaître croit avoir besoin.

Il y jeta à peine un coup d'œil.

— Nous n'avons pas besoin de tout cela, grogna-t-il, tout en pressant le bouton d'appel du contremaître.

Je prenais tant d'intérêt au dialogue qui s'ensuivit que les deux interlocuteurs se retirèrent du bureau pour l'achever. La liste revint diminuée de moitié, mais cette moitié était à moi. Au cours du dîner ce soir-là, à l'hôtel, je fis cadeau de ma méthode aux autres commis voyageurs.

Ce fut vers cette époque que j'entendis parler des commissions extraordinaires données aux agents en librairie, et quoique me rendant compte que l'importance de ces commissions devait tenir à la difficulté exceptionnelle du travail, je résolus de tâter de ce genre d'affaires pendant mes quinze jours de vacances à Bar Har-

bour. Le livre qu'il me fallut vendre était
un guide de cette villégiature, illustré
d'une façon attrayante ; la commission,
tout aussi attrayante, était de 40 % Je
me sentais certain, si je parvenais seulement à atteindre les hôtes de ces demeures imposantes, de vendre un grand
nombre de volumes. Les personnes en
villégiature étaient tout entières, cependant, à leurs occupations mondaines. Il
me fut donc impossible d'obtenir une
entrevue personnelle; et, après deux jours
d'insuccès, j'eus recours à l'expédient dé-
sespéré d'envoyer à domicile le livre avec
une lettre poignante d'intérêt. La raison
de ma défaite fut la fausse honte qui
fait la perte du novice. Je ne voulais pas
passer, aux yeux des jeunes femmes fasci-
nantes de l'hôtel, pour un vulgaire commis voyageur en librairie ! Un seul volume trouva acheteur. Le bulletin de
souscription que j'envoyai à l'éditeur

était une copie ; l'original que j'ai conservé, porte la signature de James G.
Blaine, à ce moment Secrétaire d'État
des États-Unis.

Mais ceci n'était qu'un à-côté. Ma vraie
tâche, en quantité suffisante, était ailleurs. En plus des travaux spéciaux que
je m'étais engagé à accomplir j'eus à
m'occuper d'une bonne partie de la correspondance de la maison, car, négligée
qu'elle était par le directeur qui occupait
son poste par suite d'attaches de famille,
la responsabilité m'en incombait souvent.
Je n'eus garde de m'en plaindre. Actif et
plein d'énergie, je prenais même plaisir à
attaquer une pile de commandes, de télégrammes et de lettres haute de trente cen-
timètres, écrivant tout à la main. Maintes
nuits, je retournai au bureau pour y travailler jusqu'à deux heures du matin, rentrer à la Boston Tavern, un des hôtels du
voisinage, prendre quelques heures de

repos, et être de nouveau à mon bureau de bonne heure le lendemain matin. Je me familiarisai de cette façon, beaucoup avec les détails et les méthodes des affaires mais ne pus parvenir à élever mon salaire au-dessus de cent vingt-cinq francs par semaine. J'ajoutais cependant à mon revenu par des expertises après incendie d'éditeurs ou d'imprimeurs, lesquelles, fort rares, à la vérité, me rapportaient chaque fois de cent cinquante à deux cent cinquante francs.

Mes affaires en étaient là, lorsqu'en 1891, vint le bruit que les fonderies de caractères du pays projetaient de se constituer en un trust capitalisé par des Anglais. C'était là une nouvelle des plus intéressantes pour moi. Si la vieille Boston Type Foundry était submergée, quelle ceinture de sauvetage me donnerait-on ! J'écrivis donc sans retard à M. James A. Saint John, de Saint-Louis,

qui était le chef effectif de nos maisons
réunies, lui demandant la vérité au sujet
de cette rumeur et mes chances pour une
augmentation de salaire. Sa réponse ne
fut pas rassurante. Peu au courant des
détails et des résultats de mon travail,
il ne pouvait promettre aucun avancement jusqu'à ce qu'il eût, dans un avenir
assez indéterminé, rendu visite à notre
maison de Boston ; quant au trust, s'il se
constituait, il se retirerait, lui, de la
maison.

Il était évidemment de mon intérêt
de chercher une autre situation. J'avais
essayé quelques mois auparavant d'entrer dans une maison d'édition. J'avais
échoué, mais n'en demeurais pas moins
convaincu que ce genre d'affaires offrait
de grandes chances de réussite à un
homme pourvu de mes connaissances
pratiques. Ce fut au moment même où je
cherchais ainsi le meilleur moyen d'arri-

ver à mes fins que je vis une annonce dans
le *Boston Herald*, un des grands quotidiens de ma ville natale. Ce n'était pas, à
proprement parler, une annonce d'offre
d'emploi. Composée en grands caractères et occupant une vingtaine de lignes
en tête de colonne, cette annonce s'adres-
sait à moi comme si elle m'eût appelé
par mon nom.

ON DEMANDE
UN HOMME DE PREMIER ORDRE

Pour se charger des pages d'annonces, préparer
et diriger la composition artistique, etc. Doit être
parfaitement au courant de la publicité, et une sorte
d'expert dans le déploiement artistique des annonces.

***

The Ladies' Home Journal.
Succursale de Boston, Place du Temple.

Je lus et relus cette annonce, et à
mesure s'affermissait en moi la conviction que là enfin était une situation pour

laquelle, par la variété même de mon expérience, je me trouvais tout spécialement
préparé. Il allait, certes, y avoir bien des
réponses à cette annonce. Comment faire
pour que la mienne sortît de l'ordinaire?
Me rendant à la succursale du *Ladies'*
Home Journal, j'appris que seules les
demandes écrites seraient prises en considération. Je consacrai donc la nuit entière à composer cette lettre d'une si haute
importance pour moi. J'y joignis le lendemain trois autres lettres de recommandation d'hommes d'affaires très en vue à
Boston. L'une était de M. Robert Luce,
l'auteur et le législateur célèbre ; une
autre de M. Potter, éditeur du *New En-*
gland Magazine, exprimant la satisfaction que lui avaient donnée les caractères
choisis par moi, sans même l'avoir con-
sulté pour son magazine ; la troisième
était du Directeur de la *Riverside Press*,
Charles Walker, qui m'encouragea sans

cesse pendant ma jeunesse, et qui, toute
sa vie, demeura mon ami. J'eus soin de
faire copier ma demande à la machine à
écrire, envoyai le tout au bureau régional
de la publication, et attendis les résultats.

Quelques jours plus tard, le rédacteur
en chef, venant à Boston, me pria de passer à son bureau. Ma lettre avait, paraît-il,
attiré son attention, et, ayant pris note
que j'accepterais des appointements de
deux cents francs par semaine, il me dit
que ma demande serait mise à l'étude.
Un silence de quelques jours s'ensuivit,
silence que je rompis moi-même en écrivant directement au président de la société. Ceci m'amena une réponse de
l'éditeur, me priant de le venir voir à
Philadelphie. Je n'obtins pas les deux
cents francs par semaine, dès le début,
mais j'obtins la situation.

6

CHAPITRE V

EXPERT TYPOGRAPHE A PHILADELPHIE

J'arrivai à Philadelphie un lundi matin de bonne heure, enthousiaste de l'avenir qui s'ouvrait devant moi. Je me remémorai le succès inspirateur de cet autre imprimeur de Boston, le « bonhomme Franklin » de Versailles, qui parcourut jadis ces rues au petit jour, mangeant un morceau de pain le long de sa route. Avec une bourse mieux garnie que la sienne, je déjeunai chez Green ; mais, à l'entrée d'Arch Street en face de mon nouveau bureau, je m'arrêtai un instant devant la grille du paisible cimetière où repose Benjamin Franklin, et, nu-tête, je rendis un silencieux hommage à sa mémoire.

Philadelphie, en 1892, ne ressemblait
guère à « l'endroit délabré » que décrivit
Franklin un siècle auparavant, et le *Ladies' Home Journal*, bien que n'étant pas
encore la grande publication d'aujour-
d'hui, avait déjà commencé son extraordinaire marche vers le succès. M. Edward
W. Bok, qui avait servi son apprentissage littéraire dans la maison d'édition de
Charles Scribner's Sons, avait été chargé,
quelque deux ans avant ma venue, des
destinées du magazine. Avec sa réputation de rédacteur en chef le plus jeune
et le mieux payé aux États-Unis, ce
n'était pas une tâche facile que la sienne.
Son talent, néanmoins, fut aussi remar-
quable que l'occasion qui s'offrait à lui de
se faire valoir, et le magazine s'anima
d'une vie nouvelle. De nombreuses séries
d'articles, d'un ordre tout nouveau, éveil-
lèrent la curiosité publique : *Femmes
Inconnues d'Hommes Très Connus, Maris*

Inconnus de Femmes Célèbres; et, ce qui de toutes ces créations eut le succès le plus retentissant, fut un numéro intitulé *Leurs Filles*, auquel collaborèrent les enfants de Thackeray, de Dickens et d'autres célébrités littéraires.

Pendant ce temps l'aspect typographique du magazine demeura le même jusqu'à ce qu'un jour l'éditeur, M. Cyrus H. K. Curtis, conçut le plan, nouveau pour l'époque, de publier un périodique artistique de bout en bout. Ceci nécessitait non seulement de meilleures illustrations, mais aussi le remplacement de tous les gros caractères, fort en usage alors en publicité, par des caractères plus légers dont la vogue ne faisait guère que commencer. Ma tâche consistait précisément à aider à cette révolution, et, peu au courant que j'étais de la publicité, cela ne me parut point présenter de bien grosses difficultés. Mon joyeux optimisme se buta dès le début contre ce fait que nos clients de publicité préparaient eux-mêmes le texte et les galvanos de leurs annonces, et, se servant dans bien des cas, de la même annonce depuis des années, en étaient arrivés à vénérer son aspect rude, mais familier, comme la cause et la mascotte mêmes de leur prospérité. Et cependant voilà que nous leur posions comme condition, — horrible sacrilège! — s'ils désiraient faire de la publicité dans notre magazine, la destruction du fétiche sacré!

Faute de précédent en la matière nous dûmes tout inventer, tout expérimenter nous-mêmes. Un quotidien, le *New York Herald*, avait établi des règles arbitraires interdisant l'emploi de gros caractères dans les annonces, et formait ses grandes lettres en combinant les capitales des caractères ordinaires ; mais il n'y avait pas d'exemple d'une telle action de la part d'un éditeur de magazine, et nos clients protestèrent vivement contre cette innovation. Habitués qu'ils étaient à traiter avec des éditeurs prêts à accepter toute copie payante, ils attendaient souvent jusqu'au dernier moment dans l'espoir que leur annonce se glisserait sans révision dans nos pages, mais, certain de l'approbation de mon chef, j'essayai du remède farouche de ne pas insérer les annonces de ces retardataires. Cette méthode, bien que produisant son effet dans certains cas, avait ses inconvénients financiers, et j'eus recours au doux expédient d'une lettre recommandée à tous nos clients, les avisant de nos nouvelles règles concernant la publicité. Afin d'assurer une impression plus harmonieuse de notre magazine, toutes les annonces devraient être recomposées avec nos caractères. Nous ne pourrions nous servir d'aucun galvano, mais, si l'ordre nous parvenait à temps, nous serions heureux de soumettre des épreuves à l'approbation de nos clients ; sinon toute copie devrait subir les modifications nécessaires pour permettre son insertion selon nos nouvelles règles.

Une guerre ouverte s'ensuivit. Prenant l'offensive, nos clients refusèrent catégoriquement de payer les annonces insérées de la sorte. Mais ils guerroyaient pour une cause surannée. Publication de valeur, dont le succès allait croissant de jour en jour, notre magazine ne pouvait être ignoré, et à mesure que s'améliorait sa physionomie, le désir de s'en servir s'affermissait parmi les protestataires. Ils en vinrent inévitablement à notre façon de voir, réglèrent leurs factures en retard et continuèrent désormais à faire de la publicité dans notre publication à nos propres conditions.

Au cours de cette transformation géné-

rale, les clichés « noirs » devaient forcé-
ment disparaître. Cette dernière réforme
était en un sens plus difficile à effectuer
que le changement de caractères, car elle
nécessitait souvent une nouvelle gravure
à nos frais, mais en ceci, comme par
ailleurs du reste, j'étais assuré de l'appui de mon chef. On a souvent dit de
M. Curtis que, dès qu'il tient « l'homme
de la situation », il lui donne carte blanche. Je n'eus jamais à m'en plaindre.
Une seule fois, au cours de tous mes
changements typographiques, je l'ai con-
sulté.

Une annonce d'une page entière, c'est-
à-dire quinze mille francs pour un seul
numéro, m'avait mis dans un réel em-
barras. Le texte, qui me parvenait quelques heures à peine avant d'aller sous
presse, portait l'avis : « N'accepterons
aucun changement dans cette annonce »,
et pourtant le titre : *Comment nourrir*

Bébé, s'étalait en gros caractères noirs, flagrant délit de mépris envers nos nouvelles règles ! Omettre ainsi au dernier moment une page entière était une affaire des plus sérieuses, car outre la perte d'argent je prévoyais la nécessité de remanier la composition du magazine. Espérant obtenir la permission de recomposer le titre avec des caractères plus légers ou de le « grener », je me fis mettre en communication téléphonique avec notre client, mais il habitait Boston et les citoyens de cette ville historique sont connus pour leur esprit de routine et leur entêtement. Raccrochant le récepteur je pris le parti de laisser à mon chef la responsabilité de la décision finale, et, me dirigeant, non sans appréhension, vers le bureau de M. Curtis, je lui soumis l'épreuve. Il y jeta un coup d'œil.

— Eh bien ! qu'y a-t-il ?

— Cette épreuve n'est pas conforme à nos nouvelles règles, répondis-je.

Heureusement il ne me demanda pas de les définir.

— C'est vous que cela regarde, dit-il en me rendant l'épreuve.

Il me sembla prudent de lui expliquer le cas, et je lui dis que cette page devrait être insérée sans modification, ou être exclue tout à fait et remplacée par du texte. Sa valeur pécuniaire était si élevée, que j'avais hésité à prendre sur moi d'agir sans le consulter. Il se tourna vers moi dans son fauteuil et m'énonça quelques axiomes au sujet d'éditeurs faibles, sans règle de conduite, victimes tôt ou tard de la faillite pour n'avoir pas maintenu fermement leur tarif de publicité ; pour avoir prétendu posséder un tirage qu'ils étaient loin d'atteindre ; pour s'être tracés une ligne de conduite et ne l'avoir pas suivie ; et pour avoir commis d'autres crimes

communs à cette époque. Mais pas un
mot au sujet de l'annonce en question !

Notre courrier, quelques jours plus
tard, contenait une lettre de la maison
dont nous avions refusé d'insérer l'annonce. J'en ai conservé le paragraphe
suivant : « N'ayant pas été favorisés d'une
copie de vos nouvelles règles concernant
la publicité, nous vous prions de bien
vouloir nous adresser un exemplaire, en-
cadré ou non, de ces entraves commerciales, afin que nous puissions les accrocher
dans nos bureaux pour référence et comme
exemple imposant pour les nombreux re-
présentants d'autres publications qui nous
rendent visite. » Cette maison n'en demeura pas moins une de nos clientes les
plus fidèles.

De cet effort constant pour rendre nos
pages plus attrayantes naquit une politique qui, en ce qui me concernait, prit la
tournure d'une croisade. Peu de temps

après mon entrée au *Ladies' Home Journal*
il nous vint un ordre pour six insertions
d'une annonce d'un certain Sirop d'Hy-
pophosphites, composée en caractères
noirs qu'il nous faudrait évidemment
modifier. Au sujet même de l'annonce
je ne prêtai guère attention. Se pré-
valant de nombreuses attestations médi-
cales, elle avait toute l'apparence d'une
annonce de premier ordre, et comme
telle avait reçu l'approbation de M. Curtis.
J'étais peu au courant des spécialités
pharmaceutiques, car les seules pana-
cées connues à la maison pendant mon
enfance furent la rhubarbe et la téré-
benthine.

Cependant, après que ce Sirop d'Hypo-
phosphites eut fait étalage de ses prétentions pendant plusieurs numéros, je
commençai à faire une enquête pour
mon propre compte sur les mérites des
diverses spécialités pharmaceutiques les

plus connues, et à entrevoir une partie du charlatanisme et de la vaste escroquerie qui se cachaient derrière ce masque hypocrite de philanthropie. Choisissant un moment opportun, j'émis l'opinion qu'il vaudrait peut-être mieux pour nous de refuser, non seulement cette annonce en particulier, mais aussi les spécialités pharmaceutiques de toutes sortes. L'assentiment de M. Curtis fut prompt et chaleureux. Il dit que mon prédécesseur avait manqué de discernement en cette affaire, que, pour sa part, il n'avait aucun désir d'accepter ce genre de publicité, et qu'il était heureux que je l'eusse compris. C'est ainsi que débuta, d'une manière assez modeste, cette réforme. Ses conséquences devaient avoir une portée dont j'étais loin de soupçonner l'étendue[1].

[1] Il convient de distinguer entre les spécialités pharmaceutiques de bon aloi, qui ne font de publicité qu'auprès du corps médical, et celles qui s'adressent directement au public. Au surplus, à l'époque dont

Tandis que l'un après l'autre, ces problèmes recevaient leur solution, une idée prenait corps dans mon esprit, idée que j'espérais voir un jour se réaliser. Elle naquit d'une lettre que m'adressa notre agent de Boston quelques jours après ma venue dans la maison. Cette lettre n'avait rien de bien extraordinaire, mais l'enveloppe me donnait le titre de « Directeur de la publicité ». Qu'est-ce que cela voulait dire ? Peu au courant que j'étais des détails de ce genre d'affaires nouveau pour moi, j'avais peu de loisirs, mais dès que

parle l'auteur, l'exercice de la pharmacie était très mal réglé aux Etats-Unis. Le premier venu, une société anonyme même, prenait le titre de chimiste comme il aurait pris celui de chapelier, fabriquait un lot d'une spécialité quelconque, indiquait ce qu'il voulait sur l'étiquette et lançait son produit sur le marché à grands renforts de publicité. Grâce au mouvement d'opinion dont l'auteur de ce livre fut l'instigateur, il se créa une association nationale de médecins et une société syndicale de pharmaciens. Ces corps ont réussi à faire voter certaines lois, parfois erronées et vexatoires, souvent incomplètes, qui forcent le fabricant à indiquer sur l'étiquette le contenu exact et détaillé de chaque paquet.

se présentait un moment de répit dans le
courant de la journée je repêchais cette enveloppe au fond d'un tiroir où je la cachais
et me perdais quelques instants dans sa
contemplation en me remémorant un
vieux conseil : « Fais-toi un idéal toujours
plus élevé au fur et à mesure que tu réussis
dans tes entreprises. » Pendant quelque
temps, cependant, je glissai à nouveau
l'enveloppe à sa place en me disant que
j'avais encore beaucoup à apprendre, et
que je devais m'établir solidement dans la
maison avant de me préoccuper d'un titre.
Le « Service de la Publicité » ne comprenait au début que moi et mon bureau,
mais mon chef, apprenant qu'il m'arrivait
souvent de travailler fort tard la nuit,
m'ordonna bientôt de prendre un employé
pour tenir mes livres. Ayant ainsi du
temps libre, je commençai à recher-
cher le moyen d'améliorer ma situation.
Mettre en valeur la nouvelle typographie

du magazine, en faire un tout artistique,
tenir à jour les comptes des clients, telles
étaient mes occupations officielles, mais
en me rappelant mon expérience comme
commis voyageur, je ne voyais pas pourquoi, ayant vendu des caractères, des
machines à imprimer, je ne pourrais aussi
placer de la publicité, et augmenter de la
sorte ma valeur vis-à-vis de la maison.

J'entrevis ma chance de réussite dans
la quatrième page de couverture du *Ladies' Home Journal*. Des annonces d'une
page entière étaient rares, même en ce
temps de prix modestes, et la quatrième
page de couverture contenait en général
quatre annonces distinctes. En morte
saison jusqu'à huit annonces même déparaient cet espace qui à mon avis produirait
avec une seule annonce un effet artistique
supérieur. J'étais encouragé dans mon
plan d'utiliser ainsi notre quatrième page
couverture par le fait que le *Youth's Compa*

nion, avec un tirage d'un demi-million, commençait à insérer des annonces d'une page entière préparées et placées par M. Francis A. Wilson, à ce moment l'agent de publicité qui faisait le plus gros chiffre d'affaires aux États-Unis.

C'était une innovation pour un magazine de préparer et de soumettre des modèles d'annonces à un client; mais comme les agents de publicité avaient déjà éprouvé quelques surprises de notre part, je ne voyais aucun inconvénient à leur en procurer de nouvelles. Avec la ferme intention de vendre à notre clientèle quelques pages entières, je me mis à parcourir notre liste en quête de victimes de choix. Les maisons avaient l'habitude de faire un contrat pour une période déterminée, avec privilège d'augmenter sans majoration de prix leur chiffre de publicité pendant cette période, gagnant ainsi un avantage sur ceux de leurs concurrents moins prudents, si le tarif venait à s'élever. Faisant choix d'un client dûment approvisionné de la sorte, je consacrai plusieurs jours à analyser sa publicité, et préparai ensuite une annonce d'une page entière répondant parfaitement à ses besoins. Mon arrangement comprenait une belle gravure sur bois au haut de la page, mais des gravures sur bois coûtent cher. Je m'en fus donc voir M. Bok, qui m'avait souvent complimenté sur mon travail. J'en fis carrément mon confident, trouvai en lui un auditeur attentif et dispos, et obtins son consentement aux frais à encourir. Je me rends compte aujourd'hui que ma carrière dans la publicité aurait peut-être été mort-née sans le généreux secours de cet esprit fertile, toujours ouvert aux idées d'autrui.

J'avais, bien entendu, depuis longtemps déjà fait la connaissance, par lettre, de mon client, et n'avais plus dès lors qu'à lui

faire part de mon intention de lui rendre
visite au cours d'un prochain voyage à
Boston, et de lui soumettre l'annonce que
j'avais préparée. J'avais bien choisi mon
client, qui est devenu mon ami, et le
jour où je lui vendis ma première page
entière demeure un des plus heureux souvenirs de ma vie d'affaires.

Mon traité avec le *Ladies' Home Journal* stipulait une augmentation de salaire à la fin du troisième et du sixième
mois ; mais, étant donné qu'à la fin dü
huitième j'avais obtenu par sollicitation
personnelle près de trente mille francs
de publicité, je demandai qu'à partir du
mois d'octobre mon salaire fût porté de
deux cents à deux cent cinquante francs
par semaine. Dans sa réponse officielle, le
Trésorier me répondit que, bien que mes
services fussent dûment appréciés, ma
demande était considérée comme préma-
turée et me conseilla de remettre à la fin

de l'année toute nouvelle demande d'augmentation. Mais cette déception fut de
courte durée. Depuis lors, et pendant
des années, mes appointements, sans
qu'il me fût nécessaire de faire la moindre
démarche, continuèrent à s'accroître régulièrement, et l'annonce de mon mariage
m'assura une nouvelle augmentation.
Initié de la sorte aux avantages de la
diplomatie, je pris mes précautions au
sujet de cet autre plan inspiré par l'enveloppe qui reposait dans un tiroir de mon
bureau.

Au fond, c'était sur une raison bien
solide que se basait mon ambition de
porter le titre du poste que j'occupais en
fait. Nulle part la personnalité ne compte
autant que dans la publicité, et à mesure
que croissait le volume de ma correspondance j'entrevoyais la nécessité de donner
plus de force à ce facteur. Certain, cependant, qu'une proposition émanant direc-

tement de moi manquerait son but, je
préparai un petit coup d'état. Je fis graver
pour l'usage exclusif du Service de publicité, du papier à lettres avec mon nom
dans un coin en caractères très petits. Le
nom du Trésorier, au contraire, s'étalait
pompeusement, et, grâce à ma modestie,
j'obtins auprès de celui-ci gain de cause.
Mais il y avait encore M. Curtis. Sans son
autorisation, le papier à lettres portant
mon nom était bon à mettre au panier.
J'attendis donc l'occasion d'en faire usage
et celle-ci se présenta naturellement. A
quelques jours de là, ayant à conférer
avec lui d'une affaire importante, je lui
soumis une lettre dont il ne pouvait
manquer d'approuver la teneur. La lettre,
confirmant mon attente, passa sans changement. Le nouveau papier à lettres passa
de même sans réflexion de mon chef,
mais non sans avoir été remarqué. Je
m'en aperçus le lendemain, quand à son

tour il me montra une lettre dans laquelle il faisait allusion à moi comme son « Directeur de publicité. »

Peu après, je rencontrai un marin qui, quelques années auparavant avait servi de capitaine à bord du yatch d'un de mes parents au cours d'un voyage d'agrément. A sa demande de nouvelles je récitai fièrement : « Je suis directeur de publicité du *Ladies' Home Journal* de Philadelphie ».

— Je ne sais pas ce que ça veut dire », répondit-il, le visage épanoui d'un large sourire, « mais ça doit être rudement chic ou je ne m'y connais pas ! »

CHAPITRE VI

DIRECTEUR DE PUBLICITÉ
DU « LADIES' HOME JOURNAL »

Avant de rendre compte de ma carrière comme directeur de publicité du *Ladies' Home Journal*, il est indispensable de dire un mot de la campagne sensationnelle menée par M. Curtis pour augmenter le tirage de son magazine, quelque temps avant mon entrée chez lui. Nul ne s'était engagé dans une entreprise aussi hardie depuis Robert Bonner. Celui-ci avait pris des pages entières dans le *New York Herald*, et, en petits caractères, avait répété, mille fois et plus, cette ligne unique : « Lisez-vous le nouveau roman dans le *New York Ledger* de cette

semaine? » La dépense fut, bien entendu,
considérable, et ses amis le crurent fou,
mais lorsque le pasteur de son église, un
homme qui ne lisait jamais les annonces,
vint le voir à son bureau pour lui montrer l'erreur qu'il commettait, M. Bonner
entrevit clairement son succès final.

Il en fut de même avec Cyrus Curtis.
Le monde de l'édition prédit sa faillite à
brève échéance, mais il acquitta avec
confiance ses factures extravagantes. Vi-
sant une clientèle féminine, un de ses
premiers actes, qui fut aussi l'un des plus
heureux, fut de suivre le conseil de ses
agents de publicité d'alors, N. W. Ayer
et Son, et de placer des annonces importantes dans *The Delineator*, qui, possé-
dant déjà un tirage d'un demi-million,
répandait au loin les nouvelles modes afin
d'exploiter ses patrons de papier. Ce conseil était tout à fait désintéressé, car la
commission accordée d'habitude aux

agents de publicité était refusée par ce
magazine, mais l'avis aurait été bon marché à n'importe quel prix. Le tarif de publicité du *The Delineator* était modéré et
30.000 francs dépensés en annonces,
préparées et présentées d'une façon excep-
tionnellement intelligente et artistique,
séduisirent à un tel point les femmes des
États-Unis que M. Curtis, certain désormais, comme l'avait été jadis M. Bonner,
de sa victoire finale, résolut d'augmenter
immédiatement son budget et de dépenser
5.000 francs par mois pendant un an.

Le bénéfice entier, bien entendu, ne
vint pas de suite, mais la campagne de
publicité, commencée d'une façon aussi
large, accélérait la marche vers le succès,
et les ordres affluaient au service dont
j'étais le directeur responsable. Poursuivant mon plan de préparer des annonces
pour les clients, plan dont je m'étais
servi avec tant de succès lors de la vente

de ma première page entière, j'en préparai d'autres. Le résultat fut si satisfaisant
que M. Curtis eut l'idée ingénieuse de
créer un bureau spécial pour la préparation
tion artistique des annonces et engagea
Mlle Jennie Frazee dans le but unique de
rédiger le texte. Petite femme délicieuse,
écrivant comme elle parlait, elle avait fait
ses premières armes en publicité dans le
magasin de nouveautés de Barr Brothers,
à Saint-Louis, où son travail avait, par
son cachet personnel, attiré l'attention de
M. Curtis. Ses annonces visaient la clientèle moyenne, non le critique littéraire,
et si quelqu'un venait à lui faire remarquer une faute de syntaxe, elle se con-
tentait de répondre : « Sans doute, mais
c'est ainsi que s'expriment la plupart des
gens. » Sa venue nécessita le secours
d'un dessinateur, et on lui adjoignit donc
Mlle Willcox Smith, aujourd'hui artiste de
talent. Les annonces écrites par Mlle Frazee

et illustrées par Mlle Smith eurent dès le
début un tel succès que le client, qui d'ordinaire ne prenait que vingt-cinq ou cinquante lignes, voyant l'œuvre de ces intel-
ligentes collaboratrices, doublait, triplait
et quadruplait même l'importance de son
annonce. On eut bientôt besoin d'autres
dessinateurs, et mon service fut augmenté
de Mlles Violet Oakley et Elisabeth Ship-
pen Green, qui ont, elles aussi, fait leur
chemin dans le domaine de l'art.

C'est vers cette époque que je pris part
à mon premier et unique concours. Le
thème choisi fut les Emplâtres Poreux
d'Allcock, et comme je leur devais pas mal
de gratitude pour le soulagement de cour-
batures occasionnées par de trop longues
stations devant mon bureau, j'écrivis sur
ce sujet en connaissance de cause. En
une nuit d'inspiration je produisis une
série d'annonces qui me fit obtenir le premier prix de sept cent cinquante francs.

La plupart des annonces étaient alors placées par l'entremise des agents de publicité, et l'un d'eux, M. J. Walter Thompson, de New-York, trouvant qu'il lui était impossible d'obtenir un prix confidentiel avec le *Ladies' Home Journal*, privilège qui lui était généralement accordé par les autres publications à cause de l'importance de son chiffre d'affaires, nous proposa, en considération d'un escompte de 5 p. 100, de payer toute publicité à l'avance, un chèque devant accompagner chaque ordre. Comme les dépenses de M. Curtis étaient énormes, cette proposition émanant d'un homme qui plaçait une très grande quantité de publicité présentait des avantages qui n'étaient pas à dédaigner. Cette innovation fut donc adoptée, à condition que les autres agents recevraient le même escompte s'ils effectuaient leurs paiements à l'avance. A quelqu temps de là un nou-

veau tarif de publicité fut imprimé avec
avis du changement et mention que le
fait de payer à l'avance serait pour nous
une preuve de la responsabilité commerciale du client ou de l'agent. La rigueur
de cette règle fut adoucie par la suite et il
fut accordé cinq jours de grâce à partir de
la date de la facture ; faute de paiement
dans ce délai, le timbre de la poste faisant foi, le client retardataire perdait tout
droit à l'escompte. Aux yeux du fabricant
de confections et de modes, cette idée de
payer pour la publicité près d'un mois à
l'avance parut une véritable révolution.
Ils accordaient en général à leurs clients
de trois à six mois de crédit, et encore
dataient-ils leur facture à l'avance! Mais
notre publication était un intermédiaire
indispensable pour eux ; 5 %, ma foi,
c'était toujours 5 %, et ils se soumirent
comme les autres.

Ce système de paiement nécessita l'en-

voi du magazine aux clients avant la date
de publication, pour leur permettre de
voir leur annonce avant de donner le bon
à tirer pour l'insertion suivante. Pendant
des années donc, nos clients de publicité
reçurent un numéro complet trois semaines avant le lecteur ordinaire. Mais il
parut un jour dans un quotidien de Philadelphie un poème d'Eugène Field, qu'un
rédacteur trop entreprenant avait « emprunté » à l'exemplaire justificatif d'un
client. Un coup de téléphone m'amena en
présence de notre rédacteur en chef, plein
d'une légitime indignation. Une consultation eut lieu et on me pria de trouver, le
plus tôt possible, un moyen d'éviter à
l'avenir les vols de cette nature. Une
demi-heure après, le visage de M. Bok
s'illumina de surprise mêlée de plaisir
quand je plaçai sous ses yeux une maquette fournissant la solution du problème.
Elle comprenait la couverture, les an-

nonces et les titres des articles, mais pas
une ligne de texte. C'est sous cette forme,
l'emplacement du texte en blanc, que la
maquette fut désormais envoyée aux
clients, et cette méthode est encore en
vigueur de nos jours.

Par suite de contrats en bonne et due
forme, plusieurs des spécialités pharmaceutiques auxquelles j'ai déjà fait allusion, demeurèrent pendant quelque temps
une épine dans ma couronne. Je dus me
contenter de l'espoir d'en être tout à fait
débarrassé dans un avenir prochain, et de
préparer, en attendant, d'une façon aussi
inoffensive que possible au point de vue
de la typographie et du texte, des pages
entières glorifiant les Pilules de Beecham,
l'Émulsion Scott et les Pilules Pink Pour
Personnes Pâles. Le Cuticura était surtout difficile à prôner d'une façon présen-
table. Mes efforts furent tels cependant
qu'une annonce d'une page entière de ce

savon parut chaque mois pendant près
d'une année sans trop froisser les suscep-
tibilités. Comme la campagne de publicité de M. Curtis nous amenait des affaires
d'autres sources, ces problèmes et, en
fait, l'ensemble de la publicité délictueuse
qui leur donnait naissance, disparurent
peu à peu. Première, sans conteste,
des publications qu'un client plaçait sur
sa liste, nous pouvions nous permettre de
choisir et d'être aussi difficiles que nous
le voulions.

Bien des erreurs furent dévoilées, bien
des théories essayées. Un des faits, du
plus haut intérêt au point de vue de la
publicité, dont nous fîmes l'épreuve, fut
l'influence indubitable de la femme sur
l'homme. Un fabricant de bretelles pour
hommes, par exemple, pensait que faire
de la publicité pour son article dans un
magazine pour femmes était autant d'argent jeté par la fenêtre. Nous lui prou-

vâmes le contraire. Dans ce même ordre
d'idées, une annonce politique, peut-être
la première cherchant à viser l'homme par
l'intermédiaire de la femme, parut vers
cette époque dans notre publication. Insérée aux frais du Comité Républicain National, elle consacrait une page entière à la
narration intéressante du voyage d'une
femme en Europe dans l'espoir de trouver à meilleur compte qu'aux États-Unis
des articles de mode de qualité supérieure. L'annonce était abondamment
illustrée de dessins et de photographies
représentant des échantillons de diverses
étoffes et les prix étaient scrupuleusement
comparés. Un tarif douanier élevé était
alors en vigueur, et le petit conte se ter-
minait, bien entendu, par le retour inévitable de la femme en Amérique sans
qu'elle eût effectué d'achat en Europe. Le
titre de l'annonce était : « Où, en fin de
compte, j'ai fait mes achats. »

Certains numéros d'un magazine, surtout ceux d'avril et de novembre, débordent toujours de publicité, et comme les clients sont portés à attendre au dernier moment, je mis en pratique une méthode nouvelle. Deux jours avant la clôture d'un de ces numéros, mon aide me soumit une note indiquant que si nous recevions tous les ordres promis et attendus, il ne nous resterait plus une seule ligne de disponible. Ayant besoin de tout mon temps pour arranger cette quantité exceptionnelle d'annonces, je rédigeai le télégramme suivant :

« Prière de ne nous envoyer ordres nouveaux publicité pour numéro avril. Plus d'espace disponible. »

Je montrai cette dépêche à M. Curtis, en lui disant que j'avais l'intention de l'envoyer à chacune des quarante et quelques agences des États-Unis. En ce cas,

comme toujours du reste, de longues
explications étaient inutiles. Me rendant
la dépêche, il dit : « Bonne idée. En-
voyez-la. » Une demi-heure plus tard,
mon aide vint me trouver au désespoir,
ayant commis l'inexcusable erreur d'avoir
compté deux fois une même page. Je lui
recommandai plus d'attention à l'avenir,
et le réconfortai avec l'assurance que cette
dépêche nous apporterait plus que les quatre colonnes manquantes. Et il en fut ainsi.
Jamais un client ne désire tant voir son
annonce paraître dans une publication
que lorsque cela est impossible. Ces dépêches stratégiques excitèrent de nombreux et de favorables commentaires dans
le monde de la publicité, mais plus tard
lorsque des dépêches de ce genre furent
envoyées, c'est qu'il n'y avait réellement
plus rien de disponible.

Pendant que mon service prospérait de
la sorte, notre succursale de l'Ouest, éta-

blie à Chicago sous la direction de
M. Thomas Balmer, devint un facteur de
telle importance que la publicité de l'Ouest
égalait et parfois dépassait celle obtenue
dans les États de l'Est. C'est à M. Balmer
qu'est dû, plus qu'à tout autre, le mérite
d'avoir élevé la publicité au rang important qu'elle occupe de nos jours. Appor-
tant à son travail une longue expérience
gagnée dans d'autres sphères, il suggéra
des idées dignes en certains cas d'un Napoléon, mais que nous connaissons aujourd'hui comme des principes universels
de publicité. Se rendant compte qu'une
publicité vraiment scientifique devait se
baser sur la psychologie, il se mit à analyser les causes des faillites commerciales,
et il démontra péremptoirement, entre
autres vérités, que celui qui fait de petites
annonces paie le plus cher. Plein de
scrupules quant à la dignité de sa profession, ce fut lui qui inventa le contrat entre

l'éditeur et l'agent de publicité par lequel ce dernier s'engage à conserver indemne sa commission et à n'accorder à personne d'escompte supplémentaire. Ces exemples montrent l'extraordinaire force de caractère de cet homme, qui, devenant le premier représentant occidental d'une publication de l'Est, et ayant par conséquent à vaincre des obstacles presque insurmontables, suivit sans hésitation et sans la moindre déviation la ligne de conduite de la maison mère.

Au cours de mes relations avec le *Ladies' Home Journal*, je fus témoin de nombreux changements dans la direction commerciale de l'entreprise. Je désirais toujours accroître mon expérience de l'édition et me mis donc en tête qu'à la première vacance je ferais une demande. L'occasion se présenta sous peu, et je dis à M. Curtis que je me croyais capable de remplir ce poste d'une façon qui lui donnerait toute satisfaction. Il me fit remarquer, comme j'étais sûr qu'il le ferait, que ni au point de vue du salaire, ni au point de vue de l'importance, ce poste n'était l'égal du mien. Je lui exposai alors mon plan, élaboré avec soin, d'occuper à la fois le poste de directeur de la publicité et celui de directeur commercial, avec un aide dans chaque service. Sa réponse mit fin à l'entrevue : « Je n'ai pas pour principe, dit-il, de placer deux services entre les mains d'un seul homme ».

Je n'aurais pas été d'accord avec moi-même, cependant, si je n'eusse tenté cet essai. Ce désir constant de progresser qui, dans mes débuts, m'avait poussé de place en place, persistait encore, néanmoins, et, nullement découragé par cet échec, je résolus d'attendre le moment favorable. Jetant un coup d'œil sur le monde des éditeurs de magazines, je vis la possibilité d'améliorer d'une façon im-

portante l'*Atlantic Monthly*. Imprimé par
la *Riverside Press*, c'était le premier
magazine que j'aie connu dans mon enfance. Une maison importante d'édition
en était propriétaire, et détenait les droits
d'auteur d'une longue liste d'ouvrages
populaires d'il y a une génération, ainsi
que d'auteurs favoris contemporains.
Comme affaire, au point de vue de l'édition des livres, l'idée me parut bonne, si,
ainsi que je l'escomptais, le tirage du
magazine pouvait de 25.000 environ
être remonté à quelques centaines de
mille. Pour atteindre ce but, il était indispensable d'illustrer l'*Atlantic Monthly*
et d'en remanier la typographie. Lors
d'un de mes voyages à Cambridge, j'at-
tirai l'attention de mon vieil ami, Charles
Walker, sur cette occasion unique. Lui,
de son côté, en causa aux éditeurs, et une
entrevue fut de suite arrangée. L'homme
charmant qui depuis tant d'années préside

aux destinées de cette vieille maison, ma-
nifesta de l'intérêt à l'égard de mon projet, mais pour ce qui était de changer
quoi que ce soit à son magazine, jamais !
Nous étions à Boston, je l'avais oublié.

Comme il en avait été d'ailleurs partout où jusqu'à présent j'avais jeté l'ancre,
ma divergence suivante d'opinions avec
mon chef fut au sujet de mes appointements. En vérité, à l'exception de
M. Curtis, je n'avais jamais travaillé pour
quelqu'un qui m'augmentât aussi souvent
que je crus le mériter. Je n'ai pas toujours
eu raison de penser ainsi, car lorsque par
la suite je fus moi-même à la tête d'une
maison, j'appris qu'un avancement trop
rapide peut nuire parfois à la carrière d'un
jeune homme. Quoi qu'il en soit, je me
faisais cette idée de mes services, que
nul, jusqu'à mon arrivée à Philadelphie,
n'avait semblé les apprécier à leur juste
valeur. Ici, pendant cinq ans, l'augmenta-

tion vint régulièrement. Puis je fus oublié, ou du moins c'est ce qu'il me sembla,
car un jour l'augmentation prévue ne vint
pas. Obtenant personnellement beaucoup
de publicité en plus de pages entières,
j'estimais que mon travail devait être
mieux rétribué et résolus, si je ne parvenais pas à persuader mon chef, de m'en
aller une fois de plus dans l'inconnu.
Aucun changement dans mon salaire
n'ayant suivi la réunion du conseil d'administration, je demandai carrément à
M. Curtis de m'accorder 25.000 francs par
an. J'avais deux raisons, excellentes à
mes yeux : je me sentais valoir ce prix,
et j'avais besoin d'argent. A ce dernier
argument il répliqua sèchement que le
fait que j'eusse besoin ou non de cet argent était une affaire purement personnelle et qui ne l'intéressait aucunement.
Quant à mes appointements, il me dit
que tant de chefs de service avaient de-

mandé une augmentation pour leurs subordonnés que cela l'avait fait se décider
remettre à l'année suivante toute autre
augmentation.

Ma déception dut être très visible, car
le lendemain on me proposa de faire un
voyage en Europe aux frais de la société,
proposition que j'avais souvent mise en
avant, et on me dit qu'à l'automne le salaire
que j'avais demandé me serait accordé.
Nanti de fonds suffisants, suivi d'une dépêche de bon voyage du rédacteur en chef,
je m'embarquai pour mon premier voyage
transatlantique. Ce changement m'élargit les idées, me mit à même de rencontrer un grand nombre d'hommes d'affaires s'intéressant à la publicité et dont
la connaissance me fut plus tard d'un
grand avantage. C'est ainsi que je fus à
même d'apprécier la courtoise hospitalité
de M. Thomas M. Barratt, directeur général de *Pear's Soap*, dont les bureaux

remarquables et la demeure magnifique,
avec sa collection d'œuvres d'art qui comprend *Les Bulles de Savon* de Millet et le
Monarque du Vallon de Landseer, me
remplirent d'admiration.

L'automne me retrouva au travail et
mes appointements au niveau promis de
25.000 francs. C'était une époque de
prospérité générale et notre magazine
voguait sur la crête des vagues. Le
chiffre d'affaires de mon service avait
doublé depuis ma venue et atteignait
près de 2.500.000 francs par an. C'était
l'âge d'or de la publicité, et les salaires
des directeurs de publicité commençaient
à s'accroître avec les bénéfices. A plusieurs reprises j'aurais pu trouver une
situation dans un quotidien à un salaire
plus élevé. Systématisé jusqu'en ses plus
infimes détails, les succursales de New-
York et de Chicago pour ainsi dire indé-
pendantes, mon service marchait avec la

régularité d'une machine de précision.
A regarder mes voisins, j'aurais dû être
satisfait. Mais je ne l'étais pas. La con-
centration de l'effort ou de la pensée,
produit toujours un résultat, aussi à force
de réfléchir la vérité m'apparut-elle. Logé
à jamais parmi les curieuses bribes de
philosophie au moyen desquelles je me
dirigeais dans la vie, se trouvait un mot
d'ordre donné par un ami lors de mes
débuts dans les affaires : « Ne tombe pas
dans une ornière, mon ami », me dit-il.
« Si tu t'aperçois que tu t'embourbes,
tire-toi vivement de ce mauvais pas. »
N'étais-je pas maintenant dans une ornière ? Voilà six ans que j'étais avec le
Ladies' Home Journal, long stage pour
moi dans la même maison ! Si je ne devais pas devenir une partie vitale de cette
Société, y demeurer davantage me rendrait peut-être incapable de livrer bataille
ailleurs. Dans le monde des affaires, fé-

roce de concurrence, j'avais vu venir les
jeunes et s'en aller les vieux. Simple
employé, moi aussi, quelque jour, mon
maximum d'utilité passé, m'achemine-
rais-je peut-être le long de leur route
mélancolique.

Rapidement, mais non sans délibéra-
tion, je mis mes pensées par écrit dans
une lettre à mon chef, et l'envoyai à un
de mes amis à Boston pour la retoucher.
Cet ami, un agent de publicité connaissant très bien M. Curtis, avait acquis l'art
d'écrire avec douceur même les choses
désagréables. Tout comme l'auteur de
l'*Art Poétique*, « j'appelle un chat un
chat... », mais je me rendais compte
qu'en les circonstances actuelles il serait
prudent d'atténuer ma franchise et désirais profiter des conseils les plus éclairés.
Je reçus les conseils qu'on devine, et mon
chef reçut la lettre. Je m'y disais satisfait
de ma situation et de mon salaire actuels,

mais, en contemplant l'avenir, selon le devoir de tout jeune homme, il me semblait que je devrais être placé sur le même pied que les autres de ma valeur : posséder un intérêt en actions dans la société, en plus d'un salaire qui me permît de vivre à l'aise, afin de me sentir une partie intégrante de l'entité, tous travaillant pour une fin commune. Ceci pourrait s'arranger, ainsi que je le proposais dans ma lettre, en me donnant une option sur 100.000 francs d'actions de la compagnie. La réponse de M. Curtis ne se fit point attendre. « Il n'y a pas une telle quantité d'actions à vendre », répondit-il, et, comme l'éclair dans ses yeux sombres rencontra celui des miens, je vis que mon avenir était pour lui une autre affaire personnelle qui ne l'intéressait pas. J'étais un rayon dans la roue, une simple partie du mécanisme, et n'avais pas réussi à l'intéresser au delà du travail du jour.

Je n'en ai pas pris ombrage, quoique cela valût la peine d'être su. Ceux qui ne sont pas esclaves font de leur vie ce qu'il leur plaît. Avant même la fin de cette brève entrevue, je revis par la pensée en l'espace d'un instant les situations que j'avais refusées, d'autres occasions d'expériences qu'il me restait à tâter. Pour un optimiste comme moi, changer ne signifiait que progresser. Je pris donc la résolution de rouler encore une fois avant de permettre à la mousse de s'accumuler.

Un mois plus tard, je donnai ma démission, ayant entre temps obtenu une situation comme directeur commercial de la maison d'édition Frank A. Munsey. Je ne demandai conseil à personne cette fois. Les hommes d'affaires qui prennent conseil de leurs semblables cherchent tout simplement à voir approuver leurs idées. On regardait en général Munsey comme un homme très difficile. D'autres avant

moi étaient entrés à son service et n'y
étaient demeurés que quelques semaines.
Tout avis que je pourrais prendre serait
défavorable à mes intentions. Je n'en
pris donc aucun.

Au moment de mon départ pour New-
York, où se trouvaient les bureaux de
Munsey, mes amis, riches et pauvres,
m'offrirent un somptueux dîner d'adieux
à l'hôtel Bellevue. C'était la première fois
que je jouais en public le rôle d'invité
d'honneur, et, profondément ému de ce
témoignage, je fis serment de m'en montrer un jour reconnaissant. Vers la fin du
festin, le président reçut le télégramme
suivant et en donna lecture :

Être fêté ainsi à son arrivée dans une ville,
et l'être par des amis et des hommes d'affaires
après six ans d'habitation dans cette ville, ce
sont là deux choses bien différentes. Je sou-
haiterais être parmi vous ce soir pour offrir
moi-même mes félicitations à M. Thayer.

Frank A. Munsey.

CHAPITRE VII

UN MOIS ET UN JOUR AVEC MUNSEY

Frank A. Munsey est un homme brillant de plusieurs manières. Un vrai génie réussit rarement dans les affaires, mais un homme qui n'a du génie qu'en certaines sphères, peut réussir dans les affaires. Or Munsey a du génie en certaines sphères. Pendant la panique financière de 1907, ses achats d'actions de *United States Steel* furent si importants qu'il réalisa plus de cinq millions de francs à la hausse de ces valeurs, et ceux qui suivirent son conseil à ce moment eurent l'occasion de s'en féliciter, ainsi que j'eus la bonne fortune de m'en rendre compte par moi-même. Sa carrière comme éditeur est des plus intéressantes à raconter. Bravant New-York avec « une poignée de manuscrits et environ deux cents francs en poche », pour employer ses propres termes, il fit face pendant des années à ce qui lui semblait devoir être une faillite inévitable. Voyant s'écrouler plan sur plan, faisant de jour le travail de deux hommes, écrivant de nuit ses feuilletons, ripostant par des idées nouvelles aux vicissitudes des affaires, et enfin, avec cinq cent mille francs de dettes, luttant seul contre un vaste monopole de messagerie qui cherchait à l'empêcher d'atteindre son public, telle fut la carrière courageuse de cet homme qui après un quart de siècle se trouve à la tête de plusieurs journaux quotidiens et de nombreux magazines.

Il a été dit par un concurrent que « Munsey n'est pas un éditeur de magazines, mais un fabricant de magazines ». Comme c'est un fait connu que la *Frank*

A. *Munsey Company* déclare des dividendes annuels de plus de cinq millions de francs, il est évident que, en ce qui concerne les bénéfices, il est le fabricant le plus heureux du monde des magazines. Certains publient des magazines à perte ; Munsey fait les siens pour les vendre. Ce n'est pas un éditeur-fabricant qui formula cette distinction.

Le souvenir de mon premier jour avec Munsey est aussi vif dans ma mémoire que celui du jour où, écolier, je fus promu aux pantalons longs. On me dit ce matin-là de ne pas essayer de travailler, mais de « respirer l'atmosphère de l'endroit ». C'était un nouveau genre de travail pour moi, mais je fis de mon mieux. Mon arrangement était d'une année aux appointements de trente-sept mille cinq cents francs ; nos relations d'affaires durèrent un mois et un jour. Deux lettres et une prophétie, voilà toute l'histoire.

Comme cadeau du jour de l'An, je reçus la lettre suivante vers la fin de la journée, le 31 décembre 1897 :

New-York, ce 31 décembre 1897.

Mon cher monsieur Thayer,

« Il y aura ce soir quatre semaines que vous êtes avec nous. Je vous ai étudié, je crois, d'aussi près que je m'attendrais à vous voir étudier un nouvel employé dans votre département. Si j'étais à votre place et vous à la mienne, je serais heureux de recevoir de vous une déclaration sincère des impressions que vous vous étiez formées à mon égard. Ayant moi-même ce sentiment, je présume que vous aimeriez savoir mes impressions à votre égard, et c'est pour cela que je vous écris.

« En un mot, vous n'êtes pas l'homme extraordinaire que je m'attendais à trouver. Vous n'avez rien montré de la versatilité, de l'ardeur que je m'attendais à trouver en vous. Vous n'avez apporté aucune idée nouvelle dans la maison, aucune idée nouvelle dans le service de publicité. Vous n'avez obtenu aucun ordre ni direct, ni indirect, pendant les

quatre semaines que vous êtes ici, pas même
une ligne. Et, dans vos rapports avec vos
subordonnés, vous n'avez fait preuve d'aucune
capacité extraordinaire comme chef de service, même pas de la diplomatie la plus élé-
mentaire.

« Lorsque vous vous êtes plaint hier que
je ne montrais pas assez de confiance à votre
égard, je répliquai que vous n'aviez encore
rien fait pour mériter cette confiance. Vous
m'avez répondu que vous aviez été pendant
trois mois au *Ladies' Home Journal* avant
de rien faire (*sic*). Quoi qu'il en soit, je vous
ferai remarquer qu'il y a une vaste différence
entre le jeune homme arrivant directement
d'une fonderie de caractères, sans aucune
connaissance de publicité, aucune prétention
même de connaître la publicité, et à un
salaire nominal, et un homme dans toute la
force de l'âge, un expert dans ce genre d'affaires, un homme aux appointements élevés.
De l'un je n'attendrais pas grand'chose, de
l'autre je suis en droit de tout demander.

« De telles réponses font preuve d'ailleurs
d'un manque de raisonnement de votre part, et
nul ne peut m'être sympathique, ne peut
obtenir ma confiance comme chef de service

s'il ne peut étayer de solides raisons chacun de ses actes, chacune de ses paroles.
Ceci n'est qu'un des faits qui me poussent à
croire que vous manquez de logique. De plus,
votre tendance à chercher la petite bête, à
vous entourer du halo d'une importance exagérée, votre jalousie mesquine lorsqu'un
homme du service de publicité vient me
trouver ou que je l'envoie quérir, tout ceci
m'est infiniment désagréable, et ne se peut
tolérer un instant dans cette maison.

« Pendant les quatre semaines de votre
séjour ici, vous n'êtes guère sorti de votre
bureau. Je croyais, comme de juste, que vous
ne perdriez pas de temps à vous mettre directement en rapport avec les agents de publicité et avec l'armée de courtiers qu'emploient
ces agences, sans parler de la mise en jeu de
votre personnalité auprès des grosses maisons
de New-York et du New England susceptibles
de devenir nos clients. Je vous ai expliqué
très clairement, il y a quelques jours, que la
ligne de conduite que vous vous étiez tracée
n'était pas à ma convenance, que je ne la
considérais pas comme la plus sage, et je crois
que vous avez annoncé à M. Ridgway que
dorénavant vous ne seriez à votre bureau

qu'une faible partie du temps, ou quelque
chose de ce genre. Mais en discutant l'affaire
hier ou avant-hier, vous m'avez dit que nous
avions tant de courtiers en ville qu'il ne serait
pas sage pour vous de visiter à nouveau les
clients qu'ils venaient de voir. En un mot,
s'il n'est pas sage pour vous de faire cela, et
s'il n'est pas sage pour vous d'établir une
personnalité avec toutes ces maisons en votre
qualité de représentant officiel de notre service de publicité, il s'ensuit qu'il n'est pas
sage pour moi de vous conserver comme
chef de ce service.

« Je vais vous dire maintenant, mon cher
monsieur Thayer, où s'est précisément produite
la grosse erreur, et il n'est pas de doute en mon
esprit que vous n'ayez commis une erreur et
que je n'en aie commis une de même. Vous
avez surestimé votre pouvoir de nous être
utile et mésestimé le nôtre de nous suffire à
nous-mêmes. Voilà l'erreur que vous avez
commise. L'erreur que j'ai commise fut de
vous prendre à mon service sur la foi de la
très grande réputation dont vous jouissiez,
des déclarations élogieuses de vos amis, et de
mon impression à votre sujet au cours de
nos quelques conversations ensemble.

« Voici ce que m'a dit M. Barber un jour l'automne dernier à Boston : « Il y a une occasion « pour vous, monsieur Munsey, d'obtenir un « véritable génie en publicité. — Vraiment ! « fis-je, qui est-ce ? — Qui c'est, ? répliqua « M. Barber en souriant, mais il n'y a qu'un « homme dans tout le pays. » Après quelque temps de cette escrime, et ma promesse de ne pas dévoiler le secret, j'appris que cet homme unique était M. Thayer du *Ladies' Home Journal,* et M. Barber m'assura que c'était M. Thayer qui avait élevé le service du *Ladies' Home Journal* au niveau sans égal où il se trouvait à ce moment, représentait le service, avait créé le service, était le service en personne. Et M. Barber ajouta qu'avec le *Puritan,* que je venais d'acquérir, en plus de mes autres publications, si je pouvais obtenir le concours de M. Thayer, avoir M. Thayer à la tête de mon service de publicité, je n'aurais plus à m'en inquiéter ; M. Thayer en fin de compte accomplirait de telles merveilles que nous ne pourrions plus nous en passer.

« Eh bien ! tout ceci m'impressionna fort ; et cela en aurait de même impressionné beaucoup d'autres. Puis, il y avait la déclaration de M. Clark que vous étiez un homme d'affaires étonnant, un homme d'énergie rare, un travailleur infatigable, etc.

« Voilà les causes de mon erreur, et je crois avoir énoncé clairement les causes de la vôtre. Vous n'admettrez peut-être pas encore que votre venue ici fût une erreur, mais à mon point de vue il n'y a pas le moindre doute à ce sujet, du moins étant donnés vos appointements. Nul homme, je me soucie peu qui il est ou quel est son genre d'affaires, ne peut se permettre pour un instant d'accepter un salaire plus grand que lui-même. Dès qu'il le fait, il est sérieusement désavantagé.

« Il se peut que vous valiez cette somme, ou tout au moins des appointements importants, pour une maison qui ne sait rien elle-même de la publicité, pour une maison peu au courant de l'édition ; mais ce n'est pas le cas chez nous. Votre esprit n'a pas couvert un champ d'expérience plus vaste que les esprits combinés qui dirigent notre entreprise. Ceci étant, vous n'avez rien apporté à notre maison, aucune connaissance que nous ne possédions déjà, et, quant à votre capacité individuelle, la candeur m'oblige à dire que nous avons chez nous une demi-douzaine d'hommes dont le salaire moyen est un tiers du vôtre et

dont chacun peut devenir pour moi d'une
plus grande valeur que vous.

« C'est là l'expression aussi claire, impar-
tiale et bienveillante que possible de mon
opinion de vous après ces quatre semaines.
Je regrette infiniment de ne pouvoir vous faire
un rapport plus élogieux, mais les compli-
ments sont hors de question.

« Cette déclaration vous évitera toute mé-
prise. Raisonnons ce problème, et aidez-moi à
trouver le meilleur moyen de nous tirer de
cette erreur commune. Je regrette l'erreur
bien plus à cause de vous qu'à cause de moi,
et je désire vous traiter le plus généreusement
possible, faire ce que je pourrais pour vous
aider à entrer en rapports avec d'autres maisons, à lancer une affaire à vous, quelque
chose, n'importe quoi, qui sera à votre plus
grand avantage et à mon moindre désavantage.
Je suis plus à même de supporter la perte que
vous, et je tiens à vous seconder le plus possible tout en restant dans des bornes raison-
nables. A nous deux, nous devrions trouver
un moyen qui vous permette de quitter ma
maison sans que cela porte atteinte à votre
réputation. Ce que je serai à même de faire
pour vous dépend de la rapidité avec laquelle

nous arriverons à un arrangement. Étant
donné mes sentiments actuels, il serait peu
sage pour vous d'essayer de poursuivre sérieusement votre travail. D'autre part, il serait
très peu sage pour vous de ne pas poursuivre
votre travail comme d'habitude jusqu'à ce que
quelque plan définitif soit arrêté entre nous.
Il n'y a pas de raison pour que cette affaire
ne se puisse conduire avec grâce, intelligence et de façon satisfaisante pour tous
deux en même temps. Cela dépendra en
grande partie de vous, si vous acceptez avec
grâce et sagesse ma façon de voir, ou si vous
vous y opposez d'une façon à me causer de
l'ennui.

« Permettez-moi de répéter qu'avant tout,
avant toute considération personnelle, je tiens
à vous aider le plus raisonnablement possible
et à nous tirer de cette erreur commune.

« Permettez-moi d'ajouter encore un mot.
Si vous préférez rester ici jusqu'à la fin de
l'année, et pour laquelle période je me suis
engagé à vous payer les appointements de
trente-sept mille cinq cents francs, vous le
pouvez. J'ai conclu avec vous un arrangement d'une année à ce salaire, et il en sera
ainsi si vous le désirez ; mais à mon point de

vue, ce serait un acte très peu sage de votre part. »

« Très sincèrement à vous,

« FRANK A. MUNSEY. »

Cette lettre me parvint un dimanche. Peut-être vous figurez-vous l'état d'âme d'un homme qui, occupant, quelques semaines auparavant, la situation la plus en vue en son genre aux États-Unis, se trouve soudain, à un moment inopportun et sous des circonstances adverses, jeté dehors et tombe dans ce « monde froid et gris » dont nous parlent les romans ?

Malgré cette lettre, je n'étais pas a-néanti. Le dernier paragraphe, dans lequel M. Munsey mettait par écrit notre enga-gement, qui jusque-là n'avait été que verbal, était une preuve de la bonne foi et de la justice de cet homme.

Comme il était tout à fait impossible d'avoir avec M. Munsey une conversation

sans crainte d'interruption, je lui écrivis
la lettre suivante :

Ce 3 janvier 1898.

Mon cher monsieur Munsey,

« Je suis en possession de votre lettre et
admire la franchise avec laquelle vous posez
la question. Je vous ai, bien entendu, étudié
de très près, mais cette lettre m'apprend plus
que dix entrevues interrompues. Vous êtes
une merveille pour moi, et plus je vous vois
plus je m'étonne et m'émerveille du grand
succès que vous avez obtenu et que vous obte-
nez encore. Mon étude m'a montré que vous
raisonnez de très près mais que parfois, souvent même, votre célérité de perception est
colorée, modifiée, entièrement changée par
vos instincts émotionnels. Je me rends compte
que vous êtes lent à avoir confiance en quelqu'un, mais je déclare explicitement que vous
m'avez, dès le début, pris à votre service pour
un but déterminé, vous auriez dû avoir confiance en moi dès ce moment, et cette confiance n'aurait pas dû diminuer avant que
j'eusse commis de sérieuses erreurs ou fait
preuve de jugement erroné. Je vins à vous

sur la foi de la réputation que je m'étais
faite, et, lorsque vous dites que je manque
de toutes ou de quelqu'une des qualités commerciales qui concourent à constituer un
homme d'affaires éveillé, vous accusez mes
chefs précédents de manquer de jugement et
de bon sens, et vous impliquez que mes amis
d'affaires, des hommes avec lesquels j'ai été
en contact et qui me connaissent pour le travail que j'ai accompli, qui me connaissent
pour les clients que je leur ai amenés personnellement, sont d'aveugles, d'ignorants
imbéciles.

« Si vous étiez directeur d'une ligne de
chemin de fer et que vous engagiez un mécanicien, vous lui diriez : « Voilà votre locomo-
« tive, voilà votre aide, voilà votre horaire,
« basez-vous là-dessus. Je vous confie ce train
« et m'en rapporte à vous pour que les voya-
« geurs arrivent sains et saufs à destination ».
Si, cependant, avant le départ du train, vous
dites au mécanicien qu'il ne pourra se servir
que de deux pelletées de charbon par heure
et si vous donnez à comprendre au chef de
train et aux employés du chemin de fer que
vous ne voulez pas que le public soit bous-
culé ou pressé, etc., vous ne pourrez vous

attendre à des résultats favorables, jusqu'au
moment où vous vous rendrez compte que
ce n'est pas ainsi qu'on fait marcher un
train.

« Je suis à New-York depuis quatre semaines. J'ai été mis en cage, vous vous êtes
promené alentour et vous vous êtes dit : « Il
« ne fait rien ». Je savais que vous m'étudiiez,
mais, déconcerté dès que j'essayais de faire
quelque chose, je ne pouvais que songer à ce
qui aurait pu être accompli, à ce qui avait
besoin de l'être, et aux résultats possibles de
tel ou tel acte.

« Quant à la publicité, je ne surestime pas
les services que je pourrais vous rendre, car
la prodigalité et le manque de méthode
règnent dans cette branche de votre maison,
et les résultats sont loin de ce qu'ils devraient
être. Des annonces sont insérées sans ordre
écrit ; des commandes conditionnelles sont
acceptées et les conditions ne sont pas res-
pectées ; des annonces sont débitées à des
prix erronés et à des agents insolvables, etc.,
etc., l'idée générale étant d'en finir avec la
journée sans songer au lendemain.

« Je suis sûr que nous aurions tout autant
et même davantage d'affaires si nos courtiers

ne visitaient pas aussi souvent les agents et les clients. C'est surtout parce qu'elles ont de la valeur que les clients se servent de vos publications. C'est là ce qu'on devrait rappeler aux clients par lettres, circulaires, et par une visite personnelle de temps en temps. Là où l'amitié obtient un ordre, le mérite, un tarif inflexible et un bon tirage en procurent vingt. Ces démarches pour demander aux clients et aux agents de vous envoyer des annonces afin de mettre de l'argent dans votre poche constituent une fausse théorie; tout client de quelque importance, tout agent vous le répétera.

« Je crois que M. Barber et M. Clark vous ont exprimé tous deux leur opinion sincère. M. Barber a dit selon vous : « Si M. Thayer « était à la tête de votre service de publicité, « vous n'auriez plus à vous en préoccuper. » Il était convaincu de ce qu'il vous disait, et je suis certain qu'il avait raison, car j'ai dirigé un service de publicité avec un revenu de près de deux millions et demi de francs, et il serait donc illogique de penser qu'en quittant ce service j'aie laissé à Philadelphie mon intelligence, mon bon sens et mon jugement.

« Vous n'avez pas rapporté toutes les paroles de M. Clark. Lorsqu'après ma démission

je confiai à M. Clark que j'avais appris par
une de vos lettres qu'il vous avait bien parlé
de moi, il me dit que vous ne me répéteriez
pas toutes ses paroles. Il vous avait affirmé,
en effet, que je pourrais vous être très utile si
vous m'en fournissiez l'occasion, si vous me
laissiez mes coudées franches, mais que sans
cela je ne pourrais rien faire. Je lui dis que
je n'en croyais rien. J'avais été avec deux
grandes maisons dont les propriétaires
avaient voulu tout diriger, mais je les avais
trouvés prêts à m'abandonner volontiers une
partie de leur fardeau. Puis, lorsqu'ils eurent
découvert que j'étais homme à assumer des
responsabilités, à faire les choses d'une façon
satisfaisante et à obtenir des résultats, ils
furent heureux de me laisser agir par moi-
même, car cela leur permettait de s'adonner
à des préoccupations plus importantes.

« Quant à vous, que vous le croyiez ou
non, vous faites du surmenage. Vous vous
en ressentirez de plus en plus à l'avenir et
vous serez contraint d'abandonner ces pratiques. Que pourriez-vous faire de mieux en
ce moment que de me confier l'entière direction de votre service de publicité ? Vous dou-
tez de mes capacités ? Si de tels doutes trou-

vent place en votre cerveau, c'est que celui-ci,
fatigué, vous pousse à douter de tout. Votre
grande entreprise a beaucoup plus besoin de
moi maintenant qu'auparavant. Il y a énor-
mément à faire. Il y a une grande perte de
temps faute de méthode, des appointements
très élevés sans résultats en proportion.

« Le salaire de trente-sept mille cinq
cents francs que vous me payez est maigre,
en comparaison des résultats que je pourrais
montrer à la fin de l'année. Combien avez-
vous perdu l'année dernière en comptes im-
payés ? Le savez-vous ? Ne croyez-vous pas
qu'un bon discernement dans ce cas particulier vaut à lui seul au moins vingt-cinq pour
cent de la somme ainsi perdue.

« Je manquerais à mon honneur, à ma
loyauté envers vous, si en ce moment même
je renonçais à l'idée d'accroître encore votre
succès. Dans les années à venir, je m'attends
à voir votre grande maison d'édition la première des États-Unis, et sa renommée s'éten-
dre dans le monde entier. Je prévois un succès qui surpassera de beaucoup celui de Sir
George Newnes. A ce moment je serai heureux de me tenir à vos côtés, comme un fidèle
collaborateur.

« Regardez ceux qui ont abusé de leur cerveau, le résultat est toujours identique. Il se peut que vous ayez plus de puissance qu'aucun de ces hommes, et, en vérité, je le crois. Il y a une limite, cependant, à toute puissance et à toute endurance. Vous admettrez que Sir George Newnes a obtenu un succès étonnant. Comment l'a-t-il obtenu ? En s'occupant de tous les détails? Certes non. Son directeur de publicité me dit une fois à Londres que, lorsque Sir George voulait le voir, il le prévenait vingt-quatre heures à l'avance ; lorsque le directeur voulait voir Sir George, il donnait à son chef huit jours de préavis et l'entrevue était conclue. Ceci pourrait s'appeler de la bureaucratie ; c'est, en tout cas, pousser les choses un peu loin.

« Je me sais capable de diriger votre service de publicité, de m'acquitter à votre entière satisfaction de tous les devoirs dépendant de la direction commerciale, à condition, toutefois, que vous ayez confiance en moi, en ma valeur, en mes capacités, en mon jugement.

« Il vous est nécessaire d'avoir des lieutenants dévoués et au courant des méthodes des affaires. Votre entreprise s'est accrue si rapi-

dement que vous n'avez pas eu le temps de
dresser d'hommes jeunes. Vous m'avez pris à
votre service en ma qualité de spécialiste connaissant son affaire, n'ayant besoin ni d'éducation ni d'entraînement. Il y a beaucoup à
apprendre dans votre grande entreprise. Je
suis encore un homme jeune, malléable, en
quelque sorte, et susceptible de m'adapter aux
circonstances. Vous profiteriez de mon éducation, de mon dressage, mon année de service
vous le prouverait, et ceux qui pensent que
j'ai commis une erreur en entrant chez vous
se feraient une autre idée de la grande personnalité que je salue du titre de *Chef*.

« Votre tout dévoué,

« JOHN ADAMS THAYER ».

Mais ma réponse ne changea rien aux
choses. M. Munsey répliqua qu'il avait
pendant trente jours sincèrement appro-
fondi ce problème avant de m'écrire :
« Fussiez-vous même un homme aussi fort
qu'on le dit, avec l'idée que je me suis
faite de votre valeur, vous seriez si sérieusement désavantagé qu'il vous serait dé-

sormais impossible d'accomplir votre
œuvre. »

Quelques jours après notre échange de
lettres, j'étais assis dans le bureau de
M. Munsey, au onzième étage du Cons-
table Building avec vue sur la Cinquième
Avenue. Il pleuvait. Les lueurs vacillantes
de la rue, les fiacres et les gens pressés,
tout témoignait de la clôture d'une journée d'affaires. C'était la fin aussi de mon
stage avec Munsey, la fin d'une étape de
ma vie d'affaires. Après un long débat,
nous en étions enfin arrivés à un arrangement. Je devais donner ma démission
et recevoir un chèque de douze mille
cinq cents francs. Puis, pour me permettre d'aller en Europe, il me fut donné
un bon pour une page de publicité dans
Munsey's Magazine, de la valeur de deux
mille cinq cents francs, pour l'annonce
d'une ligne de paquebot. Ceci était en plus
de mes appointements que j'avais touchés

chaque semaine. Au point de vue pécuniaire, l'arrangement était satisfaisant,
mais je regrettais amèrement de perdre
cette année de travail et l'expérience qui
s'en serait suivie. M. Munsey se croit un
logicien très serré, et ce fut là, peut-être,
la cause de son insistance, de son essai
de justifier son acte arbitraire : « Thayer,
je vous répète encore que je ferai tout en
mon pouvoir pour vous aider. J'espère
que vous m'avez trouvé impartial. Mais
je dois vous affirmer à nouveau que vous
n'êtes pas, quoi qu'en disent vos amis, un
homme extraordinaire. » J'allais l'inter-
rompre, mais il reprit : « D'ici cinq ans,
la preuve en sera faite, que vous le croyiez
maintenant ou non. »

J'étais indigné, et il y avait franchement de quoi l'être. Je bondis de mon
siège, levai l'index de la main droite et
regardai M. Munsey droit dans les yeux.
Puis, avec l'énergie qu'un homme de

publicité emploie souvent pour conclure
une affaire importante, je lui dis qu'il ne
m'avait donné l'occasion de rien accomplir pour lui ; que l'opinion qu'il s'était
faite de moi était tout à fait erronée. Je
terminai l'entrevue en l'assurant, d'une
voix ferme, qu'il ne faudrait pas cinq ans
pour lui prouver son erreur. Désavantagé
comme je l'étais par cette démission forcée sans qu'il m'eût été donné l'occasion
de prouver mes capacités, j'atteignis,
néanmoins, mon but avant la limite fixée.

CHAPITRE VIII

UNE ANNÉE AVEC UN QUOTIDIEN

Mais je n'allai pas en Europe. Je possède encore, serré dans mes archives, l'ordre pour une page de publicité dans *Munsey's Magazine*; au lieu d'aller en Europe, je fis le tour des maisons d'édition de New-York, à la recherche d'une autre situation. Ce n'était pas une expérience réjouissante. Nulle potinière de village ne peut rivaliser en commérages avec la confrérie de la publicité de New-York. Une anecdote en donnera une idée.

Deux hommes très connus dans la publicité convinrent de dire au premier courtier de magazine qu'ils verraient : « Avez-vous appris que Mixon va changer

de place ? » Sur sa réponse négative, ils
devaient ajouter : « Eh bien ! dans ce
cas, n'en soufflez mot à personne ». Ils
avaient convenu que chacun ne parlerait
qu'à un seul courtier. Or, Mixon occupait une situation enviable. Il y avait des
années qu'il était directeur de publicité
d'un des plus grands magazines, jouis-
sant d'un salaire très intéressant et à
cent lieues de songer à quitter une place
aussi confortable. Soudain, sa paix fut
troublée. Quarante-huit heures après que
nos deux plaisants eussent semé leur grain
sur Broadway, il germa dans le cœur
d'un homme à Chicago, qui, voulant
succéder à Mixon, télégraphia pour lui
demander de le recommander. Ceci n'était
qu'un avant-goût. Les jours suivants, il
vit affluer les félicitations, et sa maison
effarée reçut des demandes innombrables
pour le poste qu'il devait quitter. Il n'y
avait rien de vague ni d'imprécis dans

ces lettres. Elles avaient un tel ton de
sincérité qu'elles nécessitaient dans l'esprit de ses chefs une explication. En fin
de compte, la victime crut même nécessaire d'annoncer dans *Printer's Ink*,
journal professionnel de la publicité, que
ces rumeurs étaient sans fondement.

Des situations de ce genre sont plus
amusantes à entendre raconter qu'à
affronter, mais, faisant face moi-même
aux potins, je me fis un point d'honneur
à paraître joyeux sous des circonstances
déprimantes. Je m'accommodais même
du ton aigre-doux : « Je regrette pour
vous... » et de l'ami : « J'aurais parié ! »,
mais il m'était moins agréable d'apprendre que d'aucuns me croyaient une
création du *Ladies' Home Journal* et que
sans l'appui de cette publication je ne va-
lais rien. J'avais vu des hommes quitter
de très bonnes situations pour se trouver
plus mal partagés. Mais je ne voulais pas

admettre que tel fût mon cas. Dans un
moment de découragement, il me vint
l'idée qu'après tout M. Munsey avait
peut-être raison à mon égard. Je fus tellement saisi à cette pensée que je pris ma
tête entre les mains, comme je l'avais fait
maintes fois déjà quand l'occasion était
moins sérieuse, et me mis à raisonner
l'affaire le plus posément possible. Passant en revue ma longue lutte dans la
vie, je n'en pouvais arriver qu'à une con-
clusion : j'avais été versé en cours de
route, par accident. J'avais manqué de
jugement, non à mon égard, mais dans
le choix du véhicule.

Pendant que je cherchais ainsi la situation la plus avantageuse, je crus qu'il
vaudrait mieux pour moi de me « garer de
la pluie » comme le veut le vieux dicton,
et mon parapluie prit une forme inatten-
due. Mes visites aux éditeurs et aux maisons faisant de la publicité avaient été

sans résultat. Mes appointements chez
Munsey semblaient être un obstacle et
nulle offre ne me fut faite. Dans la masse
de renseignements que j'amassais cependant au cours de ces tournées, j'obtins
le tuyau de valeur qu'un grand quotidien,
le *Boston Journal*, avait besoin d'un directeur de publicité. A vrai dire, je n'é-
tais pas tenté. Il me fallait du courage en
pensant à ma première expérience avec un
quotidien pour envisager la perspective
actuelle. Au cours de mon séjour à Philadelphie, ainsi que je l'ai déjà dit, j'eus
souvent l'occasion de devenir directeur de
publicité d'un quotidien, mais ces offres
ne m'avaient pas tenté. Le fait que ces
journaux paraissaient chaque matin était
un grand inconvénient. Un autre, plus
important à mes yeux, était le genre
de publicité répréhensible, spécialités
pharmaceutiques et autres, qu'ils n'hési-
taient pas à insérer dans leurs colonnes.

Mais une situation dans un quotidien valait toujours mieux que de croupir à ne rien faire, j'écrivis donc de suite à Stephen O'Meara qui était l'éditeur du *Boston Journal*. Dans ma demande je lui signalais certains points, des innovations pour un quotidien, qui pourraient être poussées jusqu'au succès avec un bon journal conservateur comme le sien. Les annonces pourraient être composées d'une façon nouvelle pour Boston, écrites en un style plus convaincant, illustrées d'une façon artistique, dans le but d'attirer les grands magasins de nouveautés, qui, ne suivant pas l'exemple de Wanamaker's et des maisons des autres villes, négligeaient de faire un usage judicieux de la publicité. Cette lettre plut à M. O'Meara, comme lui plut aussi ma réponse, à notre première entrevue, quand il toucha à la question de salaire. Je lui dis franchement

que je ne désirais pas de gros appointements, juste de quoi vivre me suffirait ;
mais ce que je voulais c'était un pourcen-
tage sur l'augmentation du chiffre d'affaires. Ceci fut tout à fait à son gré, et je
m'établis de nouveau dans ma vieille ville
de Boston.

Ce fut, bien entendu, dans un nouvel
état d'esprit que je contemplai ma ville
natale. Boston, comme l'a remarqué un
de ses fils célèbres, Thomas W. Lawson,
diffère beaucoup des autres villes américaines. « Quelques-unes de ses institu-
tions, par l'âge ou l'association, ont acquis
un véritable caractère de sainteté. La gé-
néalogie est d'une importance primor-
diale. Le citoyen de Boston passe son
temps en général à examiner le petit-fils
du père de son voisin pour voir les carac-
téristiques du vieux apparaître dans l'enfant. On rappellera les fautes du jeune
homme au détriment de sa descendance

dans cinquante ans d'ici. C'est une ville
de longs souvenirs et de traditions. » Je
rencontrai maintenant ce poids mort à
chaque instant. Avec le *Ladies' Home
Journal* j'avais eu affaire à des clients
d'importance, et j'avais escompté trouver une clientèle semblable en cette
ville. Mais les piliers du commerce de
Boston étaient d'une toute autre race. En
ce qui concerne la publicité, la plupart
des directeurs des magasins de nouveautés vivaient comme au moyen âge. Ils
installaient de temps en temps un nouvel
ascenseur; ils agrandissaient de temps à
autre leur magasin; mais, prospères au
point de vue de Boston, ils ne voyaient
pas de raison pour changer leurs méthodes
antiques de propagande. Retranchés derrière leur muraille de Chine de l'indiffé-
rence, je les trouvai aussi difficiles à
atteindre que les habitants de Bar Har-
bor, qui, lors de mon expérience unique

comme commis voyageur en librairie, ne
voulurent condescendre à voir ni moi ni
mon prospectus.

Je parvins finalement à entrer en rapports avec la maison Shepard, Norwell
& Company. M. Edward E. Cole, l'un
des associés, homme d'affaires avisé, af-
fable comme l'étaient ceux de jadis, s'intéressa à mes idées, et me confia qu'il
avait préparé un plan semblable quelque
temps auparavant avec M. Loring F. De-
land, dont les annonces, quoique simples,
avaient eu un résultat étonnant. M. Cole
commanda une annonce d'une demi-page
à paraître une fois par semaine pendant
six mois. Je devais non seulement donner
mon avis et fournir des idées, mais aussi
rédiger et illustrer les annonces comme
bon me semblerait. Il m'arrivait même
parfois d'emporter avec moi des chapeaux
et des vêtements pour les faire dessiner
par un artiste avant d'écrire mon texte.

Avec un tel début, on penserait, comme
je l'ai fait moi-même, que les autres maisons aient été faciles à approcher, mais
il n'en fut pas ainsi. Souvent les directeurs refusaient de me recevoir. Je finis
par parler à l'un deux — des plus importants — après avoir monté la garde devant
la porte de son bureau privé. Je m'approchai de lui, m'arrêtant lorsqu'il s'arrêtait,
continuant ma marche lorsqu'il reprenait
la sienne, et ainsi, le suivant pas à pas à
travers son grand établissement pendant
son trajet vers un rayon éloigné, je présentai mes arguments du mieux que je
pouvais. Il consentit à peine à m'écou-
ter et me renvoya constamment à son
directeur de publicité, homme sans autorité, auprès duquel j'avais déjà perdu
beaucoup de temps. Sachant qu'il était
mal disposé envers mon journal à cause
d'un article blessant, je lui rappelai qu'il
s'était écoulé bien des années depuis lors ;

que la direction du *Boston Journal*
était entièrement changée, et, intermédiaire de publicité plus fort à tous les
points de vue, lui procurerait des résultats
certains s'il consentait à l'essayer. Tout
fut inutile. Nous étions à Boston ; la
ville où l'on n'oublie jamais. Il ne saurait,
même dans son intérêt, pardonner au
journal qui bien des années auparavant
avait exploité la nouvelle du mariage
de son fils avec une demoiselle de magasin.

Mais je m'étais déjà trouvé dans des
situations aussi difficiles et n'avais aucun
doute du résultat. Je me souvenais d'un
proverbe amendé et souvent cité par un
de mes chefs précédents : « Tout vient à
qui sait attendre, s'il se démène en attendant ». Ma tâche était d'édifier un journal
d'une valeur telle que les maisons se
verraient forcées de faire de la publicité
dans ses colonnes. J'avais aboli les carac-

tères noirs, laids, qu'employaient encore
les autres journaux de Boston dans leurs
manchettes et leurs annonces, et ce changement de typographie améliora grandement l'aspect de notre journal. Mais je me
rendais compte que d'autres innovations
étaient nécessaires pour informer les clients
que le *Boston Journal* débutait dans une
voie nouvelle de progrès. J'ai eu la bonne
fortune plus d'une fois dans la vie de
trouver des idées avant autrui. Celle que
je résolus alors de mettre en pratique
devint plus tard très populaire, et, sous le
nom de Supplément du Dimanche, est
aujourd'hui la caractéristique de nombre
de journaux américains. Je proposai à
M. O'Meara de diminuer de moitié les
dimensions du numéro du dimanche,
et, nous servant de caractères plus beaux
et d'un meilleur papier, le transformer en
un magazine hebdomadaire, contenant
tout de même les nouvelles du monde.

Il se mit à sourire, et prit dans un tiroir
de son bureau une maquette de la moitié
d'un numéro sous la forme que je pré-
conisais. Il fut heureux d'avoir ainsi
devancé ma proposition, et comme cela
facilitait ma tâche je n'en étais pas mécon-
tent. Peu d'hommes à idées arrivent à
quelque chose dans la vie s'ils n'attellent
ensemble la pratique et l'originalité.
L'idée de valeur est celle qui, dans l'argot expressif américain, « produit du
blé ».

Pour obéir à ce principe, le numéro
du dimanche fut réduit de moitié en
dimensions et le nombre des pages doublé. Les caractères et le papier n'étaient
pas conformes à mon plan, mais nous
avions fait le premier pas, et c'était là
le plus important. Poursuivant la campagne, je poussai M. O'Meara à publier
chaque jour le chiffre toujours croissant
de notre tirage. Il n'acquiesça pas à

cette demande, prétextant que nous souf-
fririons de la comparaison avec les déclarations grossièrement exagérées du
Boston Herald. Mais c'était précisément de ce côté que je voyais notre
chance de réussite ; comme nous connaissions le tirage exact du *Herald*, je lui
persuadai d'offrir cinq mille francs, par
exemple, à un hôpital si notre rival pouvait prouver à un comité d'hommes du
métier que son tirage s'approchait à
cinquante mille exemplaires près de ses
prétentions. Cette idée lui plut, et nous
fûmes sous peu au fort d'une guerre de
tirage avec toutes les batteries de notre
côté. Les parapets de nos adversaires
furent bientôt endommagés par les articles
acerbes qui avaient fait la réputation de
Stephen O'Meara ; peu après, profitant
d'un changement de direction, le *Herald*
amena pavillon, et les chiffres du tirage
furent supprimés de part et d'autre.

Cette controverse et le changement de notre format eurent un excellent résultat. Le tirage augmenta et les ordres de publicité affluèrent avec une telle rapidité qu'un dimanche, en plus de nombreuses colonnes de petites annonces, j'avais onze pages entières d'annonces de maisons locales. Les recettes montrant par suite une saine progression de plusieurs milliers de francs par semaine, j'estimai le moment favorable pour demander à mon chef de mettre en pratique notre plan dans son entier. Mais l'esprit conservateur de Boston me mit encore une fois des bâtons dans les roues. M. O'Meara me complimenta des résultats obtenus, mais il m'assura qu'il était beaucoup moins pressé de se servir d'un papier meilleur, de caractères plus artistiques et d'illustrations modernes, que de rembourser à ses amis un peu de l'argent qu'ils lui avaient avancé pour

obtenir la direction de l'entreprise. Mon
argument que ses riches créanciers n'a-
vaient pas besoin de cet argent, et approu-
veraient nos améliorations, demeura sans
effet. Il était de mon avis en théorie,
mais me refusait son appui dans la pratique.

Je fus déçu aussi en deux autres circonstances. Je voulais voir les annonces
prendre la place qui leur convenait au
bas de la page, au lieu d'être placées le
long du texte de la façon grossière que
Boston chérissait encore; et je désirais
ardemment l'autorité nécessaire pour refuser toute publicité répréhensible. Mais
cette ligne de conduite aurait entraîné
une diminution de recettes pendant une
période indéterminée, et, bien qu'elle eût
fait du *Journal* une publication moderne,
elle fut impopulaire dans notre service de
trésorerie. Je fis du mieux que je pus au
milieu de ces circonstances contraires,

espérant voir l'occasion de plus amples
réformes ; mais le destin, au lieu de m'être
favorable, amena la guerre hispano-amé-
ricaine. Cet événement, bien que n'affec-
tant pas directement Boston, fut la cause
que toutes les grosses maisons modifiè-
rent leurs plans de publicité, de sorte
qu'après l'annulation d'un grand nombre
d'ordres de cette nature, je trouvai que
mon travail réussissait simplement à com-
bler le trou d'un déficit. Après la bataille
de Santiago, la publicité de ces gros
clients nous revint, et ce fait, s'ajoutant
aux nouvelles affaires que j'avais réussi
à obtenir dans les environs, m'indiqua
clairement que, si je pouvais renouveler
mon contrat aux mêmes conditions, je me
verrais assuré d'un revenu très intéressant pendant la seconde année. Lorsque
l'affaire vint sur le tapis, cependant, on
me rappela encore une fois que j'habitais
la ville aux traditions sacrées. On me dit

que, pour l'année à venir, je devrais me
contenter de trente-sept mille cinq cents
francs, ce qui constituait « un bon salaire
pour Boston ». Ce dernier exemple de
routine me dégoûta à un tel point que je
donnai séance tenante ma démission.

Une demi-heure dans mon bureau, la
tête entre les mains, et je changeai d'avis.
Je montai de nouveau à l'étage supérieur
et, le visage souriant, j'expliquai que
j'avais réfléchi et qu'après des jours et des
nuits de labeur j'étais fatigué. S'il approu-
vait, je retirerais ma démission et prendrais des vacances. M. O'Meara consentit
volontiers, comme j'étais sûr qu'il le ferait
et je partis pour Cuba.

Un récit de vacances ne devrait pas
prendre place dans ces souvenirs d'un
business man; mais, comme au cours de
ce voyage je vis une tranche vivante d'histoire, cela mérite peut-être une digression.
J'arrivai à la Havane l'après-midi du 31 dé-

cembre 1898, la veille du jour où l'Espagne
fit la reddition de l'île. Je présentai au général major Ludlow une lettre de créance
du fils d'un de ses amis intimes, et demandai un laisser-passer permettant à
Mme Thayer et à moi de voir la cérémonie
du lendemain au palais. Il me référa à
son adjudant général, qui était avec lui
à ce moment, et le laisser-passer me fut
promptement remis. J'ignorais que le
Président MacKinley, par égard pour l'Espagne, avait câblé des instructions pour
que la cérémonie du lendemain fût strictement privée ; la milice et deux repré-
sentants de la presse devant être les seuls
témoins ; et, toujours mal renseigné, je
me mis en route le lendemain pour le
palais. Des troupes américaines mon-
taient la garde, mais le laisser-passer du
général nous ouvrit les rangs et nous
nous engageâmes derrière un groupe
de messieurs en habits noirs. Marchant

sur leurs pas, nous entrâmes, au hasard, par une porte latérale du palais,
et, à notre grande surprise, nous nous
trouvâmes dans les appartements privés
du gouverneur général Castellanos. Ne
parlant pas l'espagnol, je ne pus que
présenter mon laisser-passer à son
secrétaire, mais la carte opéra comme
par magie, et, nous acheminant parmi
les révérences de la suite assemblée, telle
une procession royale, nous fûmes intro-
duits dans la salle du Trône.

Nous nous trouvâmes seuls dans cette
grande salle, mais, en regardant par les
vastes croisées sur la place, nous vîmes
sur le faîte d'un édifice voisin un groupe
d'Américains, parmi lesquels nous re-
connûmes les femmes de généraux, de
sénateurs et d'autres notables qui se
trouvaient à ce moment à Cuba. Pour
réparer l'erreur commise, je montrai ma
carte à un monsieur en uniforme de gala

et fus assuré en des phrases musicales
dont je ne comprenais pas une syllable,
illustrées de gestes aussi intelligibles que
des images d'Épinal, que nous étions très
bien placés pour la cérémonie. Et il en
fut ainsi. Je consultai ma montre. Il était
midi moins cinq. A ce moment s'élevè-
rent les accords solennels de l'hymne
espagnol. Lorsqu'il cessa il y eut un moment de silence. Puis, à travers les croisées, nous entendîmes le *Star Spangled
Banner*, l'hymne national des États-Unis,
et la procession qui s'était formée en bas
s'achemina sous le grand portail du palais
et jusque dans la salle où nous nous trou-
vions. Le major général Brooke, et les
officiers sous ses ordres, en uniformes
de parade à ceintures jaunes, note gaie
de couleur, entrèrent les premiers ;
puis vinrent les chefs cubains, basanés,
aux uniformes moins resplendissants,
mais d'une dignité vraiment royale; et,

tout à fait en dernier, le général Castellanos et son état-major. La scène était
trop pénible pour se prolonger. Un instant de formalités et tout fut fini. Le
vaincu fit ses adieux. C'était une rude
épreuve pour un homme du tempérament
de Castellanos. Les larmes lui vinrent
aux yeux. « Je me suis trouvé dans bien
des batailles, dit-il d'une voix tremblante,
dans bien des situations difficiles, mais
jamais dans une position telle que celle-
ci. » Puis, la petite poignée de troupes
espagnoles, fifres et tambours seulement
en tête, tourna le front vers l'Espagne.
Le drame qui commença avec Christophe
Colomb venait de s'achever.

De retour à mon bureau, je repris
mon travail avec mon énergie coutu-
mière, mais, sachant maintenant ce que
je pouvais attendre de Boston, je me
tenais sur mes gardes pour trouver une
autre situation. Je n'eus pas longtemps à

attendre. M. George W. Wilder acquit à
ce moment même la part dirigeante de la
Butterick Publishing Company, société
au capital de cinq millions de francs ayant
son siège à New York, fabriquant des patrons de papier de modes et publiant un
périodique mensuel appelé le *Delineator*.
Cette grande entreprise, dont son père
avait été l'âme, avait périclité par manque
de direction, mais M. Wilder et ses frères,
grâce à un travail acharné, parvinrent à
acquérir la part d'Ebenezer Butterick et,
ainsi, la direction de l'entreprise. A la
recherche d'un bon agent de publicité,
M. Wilder consulta le directeur de
publicité de l'American Tobacco Company, qui, sur sa demande, m'écrivit
pour savoir si je serais disposé à consi-
dérer une offre. M. Wilder cherchait,
paraît-il, non un expert en publicité,
mais un spécialiste honnête ; cette condition requise m'éclairait suffisamment

12

sur la tâche à accomplir. Quelques jours plus tard j'allai à New-York et après une brève entrevue l'affaire fut conclue. Nous discutâmes en détail nos plans, la semaine suivante, à la maison de campagne de M. Wilder, Cheshire Place, dans les collines du New Hampshire. Plein de confiance, grâce aux réformes que je méditais, je lui soumis le premier vrai tarif de publicité que possédât cette publication si tristement malmenée.

CHAPITRE IX

MES DÉBUTS AU « DELINEATOR »

George Warren Wilder, le véritable chef de la Butterick Company, a un certain sens d'humour. Revenant un jour de déjeuner avec lui et quelques collaborateurs de la maison, peu après ma nomination de directeur de la publicité, il m'entraîna vers la balance du service de messageries. Mon chef, en pince-sans-rire, me dit qu'il désirait vérifier mon poids, et, il annonça solennellement que je pesais quatre-vingt-onze kilos quatre cents. Là-dessus, laissant en arrière les témoins de cette scène, il me prit par le bras, me conduisit par un chemin détourné jusqu'à un bureau obscur, retiré,

rarement employé, et fermant avec soin
la porte, tourna la clef.

« Il y a assez longtemps déjà que vous
êtes ici », dit-il d'un air très sérieux,
« pour savoir que le service de publicité
du *Delineator* a été foncièrement mal
géré. Nous n'avons eu aucun tarif fixe ;
depuis des années les clients et les agents
de publicité ont perdu confiance en nous.
Nous manquons de direction. Or, je crois
que vous nous trouverez un remède à
cette situation, car on me dit que vous
êtes homme à mener à bien cette tâche.
C'est important pour moi, car j'ai de
vastes plans pour accroître cette affaire.
Vous aurez une besogne bien ardue pour
transformer nos méthodes, mais cela
en vaudra la peine. » Puis, une lueur de
gaieté scintillant en ses yeux bleus, il
ajouta : « Ne pensez plus à votre poids,
vous allez joliment maigrir ! »

Je trouvai la situation tout aussi mau-

vaise qu'on me l'avait décrite ; en tant
que spécialiste de publicité, je ne m'attendais guère à avoir à prescrire de remède. Pendant mes journées passées dans
le New Hampshire, j'avais si profondément imprimé les possibilités de l'avenir
dans l'esprit de M. Wilder, que cet organe
toujours actif demandait des résultats
prompts et tangibles ; mais ceux-ci nécessitaient plus que de simples augmenta-
tions de recettes de publicité. Une impression, des illustrations, une typographie
meilleures, des couvertures attrayantes,
et, logiquement, un tirage plus considérable, telles étaient les exigences. Je donnai une aide matérielle en toutes ces
choses en dehors de mon département, et
le choix des directeurs des divers services
(d'abonnements, artistique, etc.), et du
contremaître de l'atelier de composition où
nos annonces étaient mises en pages, me
fut aussi dévolu. Il allait de soi que Wilder

me consultât au sujet de ces affaires, car
ses connaissances en édition étaient
maigres ; mais mon zèle universel fit tom-
ber sur ma tête le déplaisir des chefs des
autres services, qui ne pouvaient conce-
voir qu'un homme de publicité proposât,
et réalisât, des idées tout à fait en dehors
de sa spécialité. Ils ne pouvaient savoir
que mes connaissances en édition com-
prenaient toutes les rubriques, et je
n'avais pas à m'expliquer. Je n'avais
aucune connaissance des patrons de
modes ; et je ne cherchais pas à en
acquérir. Je croyais qu'en concentrant
mes capacités sur les seuls problèmes de
l'édition, les espérances de M. Wilder se
verraient plus tôt réalisées.

En attendant, j'avais de quoi m'occuper : les douze premiers mois de mon
association de près de quatre années avec
la Butterick Company furent à la fois les
plus difficiles et les plus intéressants. Mon

arrangement était que : si j'augmentais de deux cent cinquante mille francs pendant la première année les recettes de publicité, mon salaire serait de cinquante mille francs ; mais, ce motif à part, je me rendis compte que les plans pour augmenter l'affaire me créeraient de cette source de haute importance un revenu plus grand. Avec un tirage de près de cinq cent mille exemplaires par mois, le *Delineator* avait été publié au début comme catalogue de modes, et ses recettes de publicité, qui au moment de ma venue étaient en moyenne de six cent quatre-vingt mille francs par an, n'étaient qu'une affaire secondaire.

Il est très difficile d'établir un prix fixe pour les annonces dans une publication qui n'en a jamais eu, mais tel était néanmoins le but qu'il me fallait atteindre. Les agents de publicité les plus importants avaient perdu confiance dans le

Delineator, mais ils me connaissaient, et
lorsque j'annonçai que le tarif était maintenant de dix francs la ligne pour tous ils
montrèrent qu'ils avaient foi en ma parole. Peut-être devrais-je dire à une
exception près. Il y eut un homme qui,
se souvenant du passé de notre magazine,
ne pouvait en croire ses oreilles, et me
demanda de mettre par écrit notre nouvelle et surprenante doctrine. Il avait
perdu jadis tant d'ordres à cause des
fluctuations de tarif et des prix de faveur,
qu'il voulait une lettre lui garantissant un
escompte s'il pouvait, après nous avoir
envoyé des ordres, prouver qu'un autre
client ou agent avait obtenu un prix plus
bas. Je lui donnai non seulement la garantie qu'il me demandait, mais lui offris
l'accès de nos livres, de nos fiches et de
notre correspondance s'il avait encore
quelques doutes pour l'avenir. Je n'avais
jamais rencontré cet homme ni eu

affaire avec lui, mais ma lettre le persuada et il devint par la suite un client fidèle.

Ce tarif une fois établi, je le maintins aussi ferme que les lois inexorables des Perses et des Mèdes, quitte à créer des mécontents. Il y eut parfois des conséquences amusantes. Un mois à peine après que j'eus pris la direction du service, je reçus une lettre de M. Charles E. Raymond, directeur de la succursale à Chicago de la grande agence de publicité J. Walter Thompson Company, de New-York, me joignant un ordre d'un de ses clients à l'ancien tarif. Il expliquait qu'il avait négligé par suite de son absence de Chicago de m'envoyer cet ordre ou de m'écrire à ce sujet ; et comme M. Raymond était alors, et l'est encore, un homme très en vue dans le monde de la publicité, je savais que ce qu'il m'écrivait était la stricte vérité. Mais il importait qu'aucune exception ne fût

faite. Je répondis que, persuadé de sa
bonne foi, en des circonstances ordinaires son ordre serait accepté, mais le
service de publicité du *Delineator* ayant
un tel passé douteux, je ne ferais rien qui
pût causer l'ombre d'un doute à l'avenir.
Je terminai avec une allusion à l'homme
qui menait une vie si droite qu'il en arrivait à pencher en arrière, ajoutant que,
quoique je ne voulusse pas paraître jouer
ce rôle, les circonstances étaient telles
que je me voyais contraint de refuser son
ordre. La réponse laconique de M. Raymond fut : « Cher Monsieur : — Vous
penchez effectivement en arrière. »

Ce qui est paradoxal en cette matière
c'est que, quoiqu'il soit dangereux pour
un éditeur d'avoir plusieurs prix pour
une même catégorie de publicité, il est
possible toutefois de trouver dans un
même numéro des annonces de trois
clients à trois tarifs différents. Une

augmentation de tirage entraîne naturellement une élévation de tarif; mais
c'est la coutume d'envoyer un avis de
changement, et d'accepter jusqu'à une
date spécifiée des ordres d'une année au
prix existant. Parfois un éditeur est contraint d'agir ainsi plusieurs fois dans l'année avec une diminution proportionnelle
du délai accordé. C'est ainsi que pendant
que j'étais attaché au *Ladies' Home Journal*, au *Delineator*, et plus tard à *Everybody's Magazine*, il me fut donné de voir
des annonces à des prix différents dans
un même numéro, bien que ces publications fussent à base de prix uniforme.

A la fin de la première année le tarif
était fermement établi ; mais les recettes
de mon service, en raison de ma guerre
contre la publicité répréhensible dont je
parlerai plus loin, furent de trente-cinq
mille francs inférieures à l'augmentation
prévue dans mon engagement. J'étais

très satisfait des résultats, car le *Delinea-*
tor était irrévocablement en marche vers
le succès. De plus, mon travail me gagna,
après tout, le salaire maximum. La publicité que j'avais refusée comme étant
inconvenante, fut prise en considération,
car, ainsi que le fit remarquer un des
directeurs, il n'y avait aucune raison
de me punir d'avoir travaillé pour les
meilleurs intérêts de la maison.

Pendant ce temps je nourrissais l'intention de m'adjoindre mon vieil ami et
compagnon de travail au *Ladies' Home
Journal.* Il me fallait dans l'Ouest un
homme très capable, et cet homme était
sans conteste Thomas Balmer. Mais
comment faire comprendre à M. Wilder
qu'il faudrait ajouter à mon état-major un
aide qui exigerait un salaire égal au mien ?
L'occasion manque rarement à celui qui
sait courber son impatience et attendre
le moment d'agir. Assis, la gaule de

pêche à la main, sur le bord d'un étang
à Cheshire Place je reconnus le moment
psychologique que les romanciers se
plaisent tant à mentionner.

« Je vais sous peu m'adjoindre dans
l'Ouest un homme plus adroit, dis-je d'un
air aussi détaché que si ç'avait été une
simple affaire d'appât.

— Vraiment ? fit mon hôte. Qui est-
ce ?

— Thomas Balmer, l'homme le plus
fort au monde en publicité.

— Comment ! s'exclama M. Wilder.
Je croyais que c'était vous ! »

Je l'assurai que M. Balmer n'avait pas
son égal pour obtenir un résultat, et qu'il
était indubitablement, comme je venais de
le dire, le spécialiste le plus capable. Avec
cette préface je me mis en devoir d'esquisser sa carrière comme directeur
de publicité dans l'Ouest pour le *La-*
dies' Home Journal, et les nombreuses

innovations qu'on lui devait. La question
des appointements vint ensuite, et je dis
que je le savais avoir refusé mainte offre
avantageuse ; je croyais cependant pouvoir le persuader de venir avec nous pour
le même salaire que le mien à condition
qu'il eût la même augmentation lorsqu'il
s'en serait prouvé digne. Là-dessus,
M. Wilder m'interrompit : « Si nous al-
lions à cet autre étang. Ça mord davantage
là-bas ».

Je quittai le New Hamspire le lendemain
matin avec l'autorisation nécessaire, heureux de penser que j'aurais un allié sûr
dans cette réforme spéciale que j'allais
entreprendre et qui me tenait tant au cœur.
Il y avait pour moi quelque chose de plus
important que le redressement du tarif,
c'était la qualité. Bien que la société eût
besoin de recettes plus grandes et moi de
gagner mon salaire maximum, je ne
pouvais à aucun moment tolérer de com-

promis avec mon ennemi irréconciliable
la publicité répréhensible. Je désirais lui
faire la chasse, non seulement dans nos
propres magazines, mais, si possible, dans
toutes les publications connues. Par-dessus toute autre ambition professionnelle,
je voulais « assainir » la publicité aux
États-Unis.

CHAPITRE X

LUTTE POUR L'ASSAINISSEMENT DE LA PUBLICITÉ

Lorsqu'au cours de la régénération du service de publicité du *Delineator* j'examinai la question de la qualité, je ne perdis pas de temps à choisir une ligne de conduite. Je l'avais adoptée depuis longtemps : toutes spécialités pharmaceutiques et autres annonces louches devaient être rigoureusement refusées. Mais comment établir la distinction? La publicité frauduleuse est toujours répréhensible, mais la publicité répréhensible n'est pas toujours frauduleuse. Il est des degrés dans la publicité comme dans la conduite. Le noir et le blanc sont fa-

13

ciles à distinguer; c'est en face des gris que naît le doute.

Un de ces cas neutres se présenta peu après mon arrivée et j'y puisai un exemple plus puissant qu'un Niagara d'arguments verbaux. Il m'arriva donc un jour un ordre pour une lotion capillaire, annonce qui, pendant des années, avait trouvé dans le *Delineator* un accueil favorable. Je décidai de refuser l'ordre, mais je tenais à ce que la société sût ce que je faisais : je choisis pour la consultation un fonctionnaire chauve. Comme je plaçais sous ses yeux la grande annonce de la lotion capillaire avec ses clichés « Avant » et « Après » d'un homme avec aussi peu « d'alfa sur le gourbi » que lui-même, je lui dis que l'ordre s'élevait à quinze mille francs ; que nous avions l'espace nécessaire pour loger texte et cliché ; que cette annonce avait paru dans nos pages depuis des années. J'ajoutai qu'à mon point de vue, cependant, c'était une grave erreur de l'accepter, à moins que la dite lotion pût accomplir ce qu'elle promettait.

« Croyez-vous à de telles choses? » demandai-je.

— Moi! » s'exclama-t-il. « Pensez-vous que s'il existait un remède, je serais demeuré chauve pendant trente ans? »

Dans l'accomplissement de cette œuvre, j'eus un collaborateur de la plus haute valeur en M. Balmer, qui, avec son haut idéal, était toujours en sympathie avec moi. Il n'y eut pas de demi-moyens dans notre réforme. Elle frappa à la racine du mal. Nombre de clients nous offrirent des prix exorbitants pour faire passer des ordres de petite valeur, et sous peu nous déclarâmes que non seulement nous refuserions toutes annonces de spécialités pharmaceutiques et répréhensibles, mais aussi celles dont les prétentions étaient par trop extravagantes. Ainsi l'annonce qu'une robe tailleur valant trois cent soixante-quinze francs serait envoyée contre la somme de cent vingt-cinq francs serait considérée comme contenant une préten-tion exagérée, et l'ordre serait refusé, à moins qu'un examen particulier n'ait prouvé la valeur de la robe. Il est diffi-cile d'expliquer au profane le soin avec lequel chaque annonce fut censurée. Le mot *guérison* dut être biffé de toute réclame avant qu'elle pût paraître dans nos colonnes. Si une marque connue de vaseline prétendait guérir le hâle, nous obtenions le consentement du client pour changer le mot et y substituer *soulager* ; ou bien nous refusions son argent. Dans nos circulaires à nos clients, comme dans le magazine lui-même, nous développions notre attitude à ce sujet et ne sollicitions que la publicité de première qualité. Elle afflua ; tellement même qu'à la fin de no-

tre seconde année, notre revenu total de
cette source dépassa de près de cinq cent
mille francs celui de l'année précédente.

Mais, ainsi que je l'ai fait comprendre,
ma croisade embrassa un champ plus
vaste que les colonnes du *Delineator*. Je
voulus voir cette épuration obligatoire et
universelle. Presque tous les magazines
inséraient des annonces de boissons, de
spécialités pharmaceutiques et d'autres
genres de publicité tout aussi mauvais, et
à l'exception du *Saturday Evening Post*,
publié par Cyrus Curtis, les journaux
hebdomadaires étaient aussi des contre-
venants, et les organes religieux étaient
encore plus criminels que leurs collè-
gues séculiers. Les principaux coupa-
bles étaient les grands quotidiens, dont
beaucoup inséraient des annonces frau-
duleuses. On me traita de prétentieux
réformateur dans mes efforts pour suppri-
mer une partie de ce trafic éhonté sur les

malades et les faibles d'esprit, et sans
doute méritai-je et le titre et l'épithète.
En tout cas, partout où je voyais une tête
offensante, je la frappai de bon cœur.
Ma grande occasion se présenta lorsqu'on me demanda de faire, sur un sujet
de mon choix, une conférence devant le
Sphinx Club, association d'hommes adon-
nés aux branches diverses de la publicité.
Je prononçai ce discours au Waldorf-As-
toria, le 8 octobre 1902. Mon sujet, illustré de vues stéréoscopiques, était : « Un
Directeur doit-il accepter la Publicité
Frauduleuse et Répréhensible ? »

Les journaux quotidiens me fournis-
saient des exemples suffisants. Parmi les
nombreux charlatanismes qu'ils avaient
aidé à faire avaler au public, je choisis trois
exemples bien en vue pour les commen-
ter : Francis Truth, le « guérisseur di-
vin » ; la soi-disante Boîte Talisman ; et
les « cinq cent vingt pour cent » de Mil-

ler. Les exploits de ces charlatans sont
sans doute gravés en l'esprit de leurs victimes, mais la mémoire publique est
éphémère, et il ne peut donc y avoir de
mal à récapituler brièvement ces honteu-
ses escroqueries dont furent complices
tant de journaux des États-Unis.

C'est sur la presse du New England
que devrait retomber l'opprobre du succès
éhonté de Francis Truth. Ce charlatan,
d'une ruse extraordinaire, trouva facilement des directeurs complaisants pour
insérer ses annonces, titres et textes, sous
la rubrique des nouvelles. Grâce à leur
claironnement de ses cures miraculeuses,
il fut à même de s'établir d'une façon
luxueuse dans un des quartiers les plus
élégants de Boston et s'entoura d'une lé-
gion d'employés, qui, avec des séries de
lettres circulaires *traitaient* les milliers
de gens affligés et abusés qui accouraient
à sa porte. A ceux qui venaient il mon-

trait une chambre remplie de trophées, aux murs garnis de cannes, de béquilles et d'appareils orthopédiques abandonnés. Parmi ces reliques, on remarquait aussi des bouts de cigare brûlés, car même la guérison de la tabacomanie était comprise dans ses pouvoirs divins. Lorsque vint la débâcle, le garçon de bureau témoigna que ces cigares avaient été fumés par le guérisseur lui-même après ses labeurs exténuants pour l'humanité souffrante. Mais il y eut des bénéfices avant la débâcle; dix mois de bénéfices, qui se chiffrèrent par le total étonnant de cent cinquante mille francs par semaine. Puis Francis Truth fut arrêté. Les journaux s'en tirèrent indemnes.

Boston, l'Intellectuelle, refuge de tous les incompris et de tous les « ismes », fut aussi la crèche de cette escroquerie monumentale, *Parker's Three Star Ring Lucky Box*. Ce talisman, qui coûtait

moins d'un sou à fabriquer et se vendait
quatre-vingt-dix-neuf sous, était fait de
bois et renfermait suspendue, une bague
en laiton ornée de trois étoiles. La première annonce dit que « Boston était
Mystifié ». Comptez sur Boston ! L'annonce déclarait en outre que le talisman
avait fait des milliers d'heureux. Son titre
ressemblait à celui de toutes les rubriques
de nouvelles, et c'est en cette dernière
qualité qu'elle fut sans doute lue par des
milliers de personnes insouciantes. Les
gens superstitieux versant leur argent et
l'escroquerie fructifiant, des annonces de
deux colonnes furent insérées, racontant
en détail les merveilles accomplies. Une
femme avait perdu sa montre ; quatre-
vingt-dix-neuf sous pour acheter une boîte-
talisman et la montre fut retrouvée. Un
navire sombra par trente mètres de fond;
l'unique survivant avait sur lui une boîte-
talisman. Un spéculateur à la bourse

voulait un tuyau pendant une panique,
un homme voulait un emploi, une jeune
fille voulait visiter l'Exposition Universelle de Paris, une vieille fille voulait un
mari, la boîte-talisman comblait leurs
vœux à tous. Les boiteux jetaient leurs
béquilles, l'ivrogne abandonnait sa bouteille, rien n'était impossible, dans les annonces! Le coup de maître couronnant
cette escroquerie était la recommandation :
« Les gens heureux, en bonne santé et
riches sont priés de ne plus demander de
boîtes, car M. Parker préfère ne livrer le
peu qui reste qu'aux malheureux qui ont
besoin des biens de ce monde. » Plus
de 75.000 boîtes furent vendues, et
lorsque les autorités intervinrent il y
avait encore 20.000 commandes à exé-
cuter. Les directeurs de journaux de
l'Athènes Moderne (Boston), qui inséraient ces annonces, eurent leur bénéfice dès le début à raison de dix-sept

francs cinquante par dix lignes de publicité.

W. F. Miller tendit un filet encore
plus large. Il commença sa carrière financière avec un billet de cinquante francs
que lui avaient prêté deux amis. Il la ter-
mina, après avoir manié des millions,
dans une prison d'état. Par l'intermédiaire des journaux de New-York, de Philadelphie, de Boston et d'autres grandes
villes il offrit une amorce brillante de dix
pour cent par semaine sur un placement
de cent francs. Et il les paya, pendant
quelque temps. Les premiers timides clients qui lui envoyèrent leur capital reçurent l'intérêt étonnant de cinq cent vingt
pour cent, et chacun d'eux devint, pour une
commission de cinq pour cent, un agent
volontaire encourageant les autres à envoyer leurs économies au merveilleux financier. Les annonces continuèrent, l'argent afflua. En une seule semaine on vit

trois cent cinquante mille francs retirés
des caisses d'épargne de Boston et de Philadelphie pour aller grossir le flot qui, à
marée haute, atteignit près de quinze
millions de francs. Son agent de publicité appelait Miller dans les annonces, le
Napoléon de la Finance. Son plan fut
certes d'une audace napoléonienne. Rien
ne pouvait être plus simple. Il payait les
dividendes avec le capital.

La publicité, et la publicité seule, ren-
dit possible Miller, Parker et Truth. Sans
l'hospitalité de la presse ils ne se seraient
jamais élevés au-dessus du rang obscur
des joueurs de bonneteau. Et ce ne sont
pas les éditeurs nécessiteux qui impriment
de telles annonces; on ne les leur offre pas.
C'est le journal de bonne réputation, à
grand tirage et au tarif de publicité élevé qui
obtient ces ordres, et, en connaissance de
cause, devient complice de l'escroquerie.

Comme tous ceux qui cherchent un re-

mède aux maux présents, j'étais en avance
sur mon temps. Rien ne me le démontra
si clairement que les difficultés que j'éprou-
vai en essayant de former une société
pour la répression de la publicité-fraudu-
leuse et répréhensible. Des hommes éminents, identifiés avec la publicité, lorsqu'on leur demanda de faire partie du
conseil d'administration, se dérobèrent
en prétextant leurs nombreuses occupations. Quelques-uns refusèrent sous pré-
texte qu'il y avait des confrères plus
capables de prendre en mains la campagne. Je recommandai vigoureusement la
formation de cette société, engageai un
secrétaire et fis face personnellement aux
dépenses, mais, découragé par l'indiffé-
rence presque générale et trouvant que cela
exigeait trop du temps que je me sentais
devoir à l'entreprise dont je faisais partie,
je dus, à contre-cœur, mettre l'idée de côté.

Mais je n'abandonnai pas pour cela la

lutte. Si je ne pouvais lever une armée, je pouvais tout au moins jouer mon rôle comme franc-tireur. En pratique, je restai donc fidèle à mes principes, et par écrit ou par la parole fis ce que je pouvais, pour gagner à ma façon de voir, les directeurs des autres publications. Cette campagne privée eut un résultat frappant. Parmi les lettres que j'envoyai il y en eut une à *Collier's Weekly*. Elle faisait partie de la catégorie des « Lecteur fidèle », qui réussit parfois à influencer l'éditeur. Elle disait : « Je lis *Collier's* chaque semaine et je trouve dans ses pages des annonces que le *Ladies' Home Journal* et le *Delineator* refusent d'insérer. Pourquoi acceptez-vous de la publicité de cette sorte ? Je suis certain que vous n'avez pas besoin de cet argent. » Un ami de Philadelphie accepta la paternité de cette lettre, et la réponse, qui me fut indirectement adressée, était réconfortante. « Dès réception de votre lettre, disait-elle, j'ai réuni les membres de notre service de publicité, et nous avons décidé, à l'expiration de certains contrats, de ne plus insérer ce genre de publicité. » La lettre était signée de Robert Collier, fils brillant du fondateur de cette grande maison. Occupé comme rédacteur en chef, cette maladie de la publicité lui avait échappé. Il lui avait fallu ce simple mot de moi pour le faire réfléchir. Rempli lui-même du zèle d'un croisé, non seulement M. Collier supprima toute annonce douteuse des pages de son fameux journal hebdomadaire, mais, s'attachant les services éclairés de M. Samuel Hopkins Adams, fit paraître la série d'articles ayant pour titre : « La Grande Escroquerie Américaine. » Ceux-ci, combinés avec l'attaque que fit le *Ladies' Home Journal*, porta à la publicité des spécialités pharmaceutiques le plus terrible coup qu'elle ait jamais reçu.

CHAPITRE XI

MON COUP DE MAITRE EN PUBLICITÉ

Cette transformation rapide du *Delineator* présenta parfois des situations difficiles à résoudre, et je compte la façon dont je traitai l'une d'elles comme le coup de maître de ma carrière de publicité. Ce ne fut pas, ainsi qu'on pourrait le croire, l'obtention d'un ordre de publicité de cent à deux cent mille francs. Des contrats pour six ou douze pages n'étaient pas rares. Ce fut, au contraire, l'annulation d'un ordre, et son histoire, avec un aperçu des méthodes d'affaires de deux nations consanguines, quoique différant beaucoup l'une de l'autre, n'est pas sans intérêt. Quelque cinq ans avant

14

ma venue, la *Butterick Company* concluait un traité avec la *Pears' Soap Company*, de Londres, pour une page de publicité en dernière page de couverture dans le *Delineator* et dans un catalogue ou deux de modes, cet espace devant être payé tous les trimestres au prix de sept francs cinquante par mille de tirage, garanti devant notaire. Le contrat avait été renouvelé deux ans avant mon entrée dans la maison, pour une période de trois années avec une option de trois autres années au même prix. Il est facile de comprendre qu'avec un tirage de 500.000 à sept francs cinquante le mille, la somme ainsi reçue serait de trois mille sept cent cinquante francs. Mais voici que nous avions un *Delineator* neuf pour ainsi dire, une publication bien imprimée et bien préparée, avec des pages deux fois plus grandes que celles des autres magazines, et à même d'exiger deux fois plus cher.

Dès que j'appris l'existence de ce contrat et de son hypothèque malavisée sur l'avenir, je pris l'affaire en mains avec les directeurs de la société, et une lettre fut envoyée à notre succursale de Londres pour voir ce qui pourrait être fait. Rien ne fut accompli, toutefois, car notre représentant à Londres n'était pas un homme de publicité, et lorsqu'il posa la question à M. Barratt, directeur de la *Pear's Soap Company* ce fut de telle façon que celui-ci refusa d'annuler une partie quelconque de cet ordre. Il était si préjudiciable à nos intérêts d'avoir sur nos livres un contrat à aussi longue échéance, que je pris mes dispositions pour faire un voyage en Europe.

J'avais déjà rencontré M. Barratt, ainsi que je l'ai raconté dans un chapitre précédent, et sachant qu'il n'y avait en somme qu'une façon de traiter les affaires à Londres, je décidai de jouer la partie strictement suivant les règles anglaises. Je fis donc ma première visite à M. Barratt à un moment où j'étais certain qu'il serait à son bureau. Je laissai une carte de visite avec le nom de mon hôtel, le Carlton, où j'avais décidé de descendre, parce que je me souvenais qu'il tenait une place dans les affections de M. Barratt. Je reçus, deux jours plus tard, une lettre de son secrétaire, me priant de passer le lendemain vers cinq heures. Ma visite dura plus d'une heure. Nous causâmes de Londres, de l'art anglais, des cathédrales anglaises, du climat anglais, bien entendu, mais pas un mot quant au but de ma visite. Juste au moment de prendre congé, je me souvins comme par hasard qu'avant mon départ pour Paris j'aimerais à causer avec lui au sujet d'une affaire, et demandai un rendez-vous. Il exprima son regret de ne pouvoir, par suite d'une absence d'une huitaine pour une partie de pêche, me fixer de date. A la fin, cependant, il sacrifia sa routine au point de me prier de revenir le lendemain. Je fus prompt et bref. Racontant d'abord mon travail avec le *Delineator*, et les grands progrès déjà réalisés, je lui dis que je me trouvais très gêné par l'impossibilité où nous étions d'accorder à un client américain une page en dernière couverture.

« Que voulez-vous que j'y fasse ? » demanda-t-il.

Je lui expliquai alors que, depuis que le fils de M. Wilder avait obtenu la direction du *Delineator*, il avait considérablement étendu son rayon d'action par l'acquisition d'une société concurrente qui publiait aussi une revue féminine. Ne consentirait-il pas à abandonner six pages dans le *Delineator* et à se servir en place de pages dans les autres publications ?

« Est-ce que ceci vous rendrait service personnellement ? » demanda-t-il.

« Oui », dis-je.

« Alors je le ferai. »

Je câblai à ma maison cette nuit même, et quelques jours plus tard j'appris à Paris que la première page laissée vacante par Pears' Soap venait d'être vendue six mille francs à un autre client. Mais il restait encore l'option fatale. Lorsque le contrat existant tira à sa fin, je posai la question de son renouvellement dans une lettre à M. Barratt. Je pris soin de déclarer que j'avais fait un calcul des sommes qu'il avait dépensées en publicité avec nous et étais surpris de constater qu'elles se chiffraient par plus de cinq cent mille francs. Je m'étais dit que lorsqu'il verrait cette somme rondelette il se sentirait contraint, en bon Anglais conservateur, de diminuer son chiffre de publicité. Et j'eus raison. Il

renonça à son option, discontinua pendant
quelque temps, et lorsque la publicité de
Pears' parut de nouveau dans nos pages,
ce fut au prix uniforme. Par suite de
l'augmentation de notre tirage et de l'a-
mélioration générale du magazine, la dernière couverture du *Delineator* se vendit,
au bout de deux ans, douze mille francs
par numéro.

Au cours de notre campagne pour augmenter le tirage du *Delineator*, des cinq
cent mille que nous possédions jusqu'au
million auquel nous visions, nous fîmes
nous-mêmes beaucoup de publicité. Les
quotidiens et d'autres magazines furent,
bien entendu, nos principaux intermé-
diaires, mais nous nous servîmes aussi
pendant quelque temps de la publicité
murale pour familiariser le public avec
une phrase que j'avais inventée. J'essayai
pendant plus d'un an de trouver une
phrase satisfaisante, mais sans succès.

Un jour, enfin, je lus un article du professeur Scott sur la psychologie de la publicité, où l'auteur expliquait clairement que l'injonction directe « Découpez ce coupon et envoyez-le aujourd'hui » attirerait plus de réponses que cette phrase moins énergique : « Servez-vous de ce coupon ». Suivant cet avis, je fis reproduire en mon écriture la phrase : « Procurez-vous le *Delineator* » et attendis pour voir si les femmes obéiraient. Elles obéirent. Cette phrase poussa même des hommes à acheter un exemplaire pour satisfaire leur curiosité. On dépensa cinq cent mille francs pour populariser cette phrase.

M. Wilder, peu après ma venue, commença à mettre à exécution ses plans pour l'extension de son entreprise. Il me dit un jour à brûle-pourpoint : « Avez-vous cinquante mille francs ? » « Non » répondis-je, ma pensée allant à la caisse

d'épargne de Boston où j'avais enfoui
quinze mille francs de l'argent de M. Munsey. « Je n'ai pas toute cette somme,
mais je réussirais sans doute à la complé-
ter. »

La conversation prit fin brusquement
comme elle avait commencé. Elle eut sa
suite dans l'offre qu'on me fit peu après
d'acheter au pair cent actions de la Butterick Company Ltd, si je pouvais trouver
l'argent en moins d'une semaine. Mon
expérience précédente en finance avait
eu pour siège Philadelphie et avait été
plus modeste. J'avais contracté un em-
prunt pour acheter quelques actions de
la société du *Ladies' Home Journal*, que
j'avais du reste vendues en quittant la
ville, mais cette fois c'était une affaire au-
trement importante. Sans doute, j'avais un
grand nombre d'amis, mais en songeant
aux trente-cinq mille francs, je me creu-
sais le cerveau pour trouver ceux qui,

ayant l'argent, seraient disposés à m'en
prêter. J'arrivai enfin, en procédant par
élimination, à un choix de cinq noms. Je
rendis visite d'abord au plus riche de ces
amis. Il habitait Boston, mais possédait
sur la côte une maison de campagne.
Connaissant mon homme, c'est à cette
dernière que je me rendis, et, ne le trouvant pas chez lui, j'attendis son retour.
Il arriva tard, mais m'invita de suite à
dîner. Je lui fis part du but de ma visite,
pendant le café, sur la large véranda sur-
plombant l'océan. Il m'écouta avec attention, et, me disant que je payais peut-
être ces actions deux fois ce qu'elles
valaient, me déconseilla ce placement.
Comme il m'avait raconté en détail, ses
débuts difficiles, d'abord comme employé
dans une droguerie, puis comme fabricant, je fus très impressionné. Je savais
qu'il était plus que millionnaire, et qu'un
prêt de trente-cinq mille francs était peu

de chose pour lui s'il avait en cette
affaire autant de confiance que je le
savais avoir en moi.

Je repris donc, pensif, la route de New-
York. Boston, la ville de la routine m'a-
vait déjà pris deux des sept jours accor-
dés. Il en restait cinq, néanmoins, dont
l'un était un dimanche. Deux amis de
Philadelphie venaient ensuite sur ma
liste, et, travaillant tard, je pris le train
de minuit pour la ville des Quakers. Philadelphie est peut-être plus calme que
Boston, mais elle est moins routinière.
L'ami auquel je rendis visite en premier
m'écouta jusqu'au bout avec intérêt, me
dit que nul n'avait jamais gagné d'argent
sans faire auparavant d'honnêtes dettes,
que je pourrais sans doute obtenir de
la banque un prêt de soixante pour cent
en offrant mes actions comme nantisse-
ment, et qu'il serait disposé en ce cas à
endosser mes billets. J'étais enchanté, et

pris congé en le remerciant de tout mon
cœur.

Je crus sage, cependant, de rendre
visite à l'autre ami sur ma liste. Je lui
dis mon histoire, lui mentionnai l'offre
que je venais de recevoir, et demandai
son avis. Il se dit disposé à me prêter les
derniers cinq mille francs sur mon billet,
mais crut qu'il pourrait peut-être me
prêter la somme entière si je lui envoyais
les actions comme garantie. Il me ferait
part de sa décision le lendemain. C'est
ainsi que je devins actionnaire dans la
société mère, et, par suite de l'acquisition
d'autres sociétés à divers moments, mon
placement de cinquante mille francs dou-
bla et tripla de valeur. Mais c'est là une
autre histoire, et des plus intéressantes en
son genre. Lorsqu'un capitaine de finance
comme George Warren Wilder trans-
forme une société au capital de cinq millions de francs en une société au capital

de quinze, trente, puis de soixante millions de francs, il accomplit ce que le
grand financier J. Pierpont Morgan a réalisé sur une plus vaste échelle avec la
United States Steel Corporation. Et
M. Wilder n'a pas encore fini. Je fis un
bon usage du bénéfice que je dérivai de
ce placement, ainsi que je le raconterai
sous peu. Si j'avais suivi l'avis de mon
ami de Boston, ce livre n'aurait jamais été
écrit. Ce fut ma dernière expérience
comme emprunteur ; dorénavant, c'est
aux banques que je m'adressai, le seul
endroit légitime pour un prêt.

Il se passa trois ans et demi. La maison qui, ainsi qu'il a été pittoresquement
dit, débuta avec un capital « d'une rame
de papier, une paire de ciseaux et une
bonne idée », continua sa marche régulière vers le grand succès financier que je
viens d'esquisser. Le rôle que joua mon
service de publicité est plus succinct à

raconter en chiffres. La somme de publicité reçue par la Butterick Company l'année avant mon entrée dans la maison,
était de six cent quatre-vingt-sept mille
francs ; elle atteignit, pendant la dernière
année de mon service, plus de trois millions de francs. Elle dépasse aujourd'hui
cinq millions.

Un jour, je vis, dans le bureau du
président de notre Société, des plans
d'architecte pour un édifice de quatorze
étages, destiné uniquement aux affaires
de la Butterick Company. Le trésorier,
en manière de facétie, remarqua : « Regardez votre nouveau palais. » Je pensais
en contemplant les dessins : « La vérité
se cache souvent sous une plaisanterie ».
En tant que trésorier il savait très bien
ce qu'on devait à mes services.

Mais le nouvel édifice ne m'abrita jamais. M. Thomas Balmer, mon successeur, occupa les bureaux somptueux du

directeur de publicité, car, avant que le
toit fût mis sur l'édifice, je saisis l'occasion longtemps attendue de devenir
moi-même éditeur. J'avais souvent démis-
sionné auparavant, mais cette fois j'em-
menai mon chef avec moi. Ainsi que je
l'ai dit au début, M. Wilder a un certain
sens de l'humour. Il envoya à tous nos
clients et aux agents de publicité une
carte postale sur laquelle mon nom s'étalait en gros caractères, ce qui est contraire
à tous mes principes. Elle disait : « On
demande un successeur à John Adams
Thayer. »

CHAPITRE XII

DIRECTEUR DE « EVERYBODY'S MAGAZINE »

Au cours de ces longues années de travail acharné pour placer sur une base solide les publications d'autrui, je nourrissais l'espoir de devenir un jour éditeur à mon propre compte. Mes connaissances spéciales de ce genre d'affaires m'avaient enseigné, cependant, qu'une longue et âpre lutte était nécessaire pour mettre une publication sur un pied profitable.

J'avais ouï l'histoire de sa lutte de la bouche même de Mc Clure. J'habitais Philadelphie lorsqu'il lança à New-York son magazine, mais nous nous rencontrions de temps à autre et il en vint à me

raconter sa vie. Son enfance, ses années
au collège à Oberlin où ses associés
futurs, Brady et Phillips, étaient ses con-
disciples ; ses diverses expériences avec
Albert A. Pope le fameux cycliste ; avec
le *Century Magazine* ; avec une société
qu'il lança lui-même et finalement avec
le *Mc Clure's Magazine*, tout fut passé en
revue, et je me souviens qu'il se dit être
enfin parvenu à la situation tant enviée où
il lui était indifférent de gagner soixante-
quinze mille ou cinq cent mille francs par
an. Ce qu'il désirait maintenant, c'était
du changement et de la sécurité.

Il y avait aussi Munsey. Je ne pouvais
oublier ses onze années de découragement ; son travail assidu de jour, son
labeur de nuit plus épuisant encore,
quand, ainsi qu'il l'a dit lui-même, il
accomplissait « un revirement complet
des actualités brûlantes au monde du rêve
et de la fantaisie » et, uniquement à force

de volonté, parvenait à produire des romans-feuilletons pour son magazine à raison de six mille mots par semaine.

Ces deux hommes mirent comme enjeu de leur réussite leur santé et leur énergie nerveuse. Je me rendais compte des risques qu'ils avaient couru à cause de leur ignorance du jeu, et pris la ferme résolution d'attendre le moment où je serais assuré de deux choses : l'argent nécessaire pour faire passer l'entreprise par-dessus les épreuves inévitables de la première année, et un associé aussi au courant de la « fabrication », que je l'étais, moi, du côté commercial et de publicité. Mais, demandera le profane, et le rédacteur en chef? La réponse toute prosaïque est que, à quelques exceptions près, le rédacteur en chef n'assure pas le succès financier d'un magazine. Il est bien plus difficile de trouver un directeur de publicité capable, car celui-ci deman-

dera, et obtiendra sans doute, le double
des appointements du rédacteur en chef.

Imbu de ces idées, je sentis que j'avais
atteint une autre étape significative lorsque M. Erman J. Ridgway me proposa
d'acheter à nous deux *Everybody's Magazine*. Lors de mon court stage comme
directeur commercial dans la maison
d'édition de Frank A. Munsey, M. Ridgway et moi avions servi un maître commun ; mais, comme il avait la direction de
l'imprimerie à New London, nos rencontres furent très rares. Après mon retour à New-York, cependant, nous nous
rencontrâmes plusieurs fois, et je reçus
de lui diverses lettres que je montrai à
M. Wilder dans l'espoir que nous pourrions lui trouver une place comme directeur de notre service mécanique. Nous
étions tous deux convaincus qu'il était
d'une capacité de premier ordre dans sa
sphère particulière ; mais, faute d'occa-

sion, nos conversations n'eurent aucun résultat, et, jusqu'à ce que nous eûmes définitivement réuni nos forces, nous ne nous connaissions en vérité que très peu. Au cours, cependant, de quelques-unes de nos rencontres fortuites, il avait fait allusion à son ambition de publier un magazine, à ses nombreux mais futiles essais pour intéresser des capitaux à une affaire de ce genre, et il arriva donc que, lorsqu'il vint me soumettre son dernier projet, je vis en lui l'allié que j'attendais.

J'étais avide d'expérience. Près de douze ans dans la publicité, je commençais à trouver le travail monotone. A part une augmentation régulière de mon salaire, qui avait atteint le maximum pour l'époque, j'avais perdu mon sens du progrès et désirais ardemment un nouvel emploi de mon énergie. Je le trouvai de suite. La monotonie et le piétinement me furent inconnus dans les jours qui suivirent. Il y avait tout d'abord la question financière. Ce n'était pas mon intention d'engager tous mes capitaux dans une entreprise d'édition. Ridgway, qui était plus jeune que moi, n'avait pas d'argent, de sorte qu'en discutant les bases d'achat nous décidâmes de prendre avec nous un troisième associé et de lui permettre de fournir le capital pour notre entreprise, ne devant recevoir, nous deux, que de faibles appointements jusqu'à ce que le magazine fût sur un pied solide. La pensée de descendre de 5.000 francs par mois à 25.000 francs par an ne me troublait pas outre mesure. Lorsque l'affaire fut proposée à M. Wilder, qui devait fournir les capitaux, il me fut révélé sous un jour nouveau de pénétration et de science financière. Il me démontra que j'avais de quoi payer un tiers du prix d'achat du magazine; j'avancerais donc les fonds nécessaires à l'entreprise; Ridgway, n'ayant pas de capital, ne pourrait en faire autant ; mais on prendrait une police d'assurance sur sa vie, les primes à la charge de la société, jusqu'à ce que nous ayons soldé avec nos bénéfices le prix d'achat du magazine et que toutes nos dettes aient été réglées. Ma confiance était telle que je donnai de suite mon assentiment.

Des négociations définitives furent alors entamées par M. Wilder. Son expérience à traiter avec des capitalistes de grande envergure, et de gros chiffres était telle qu'elle lui permit de placer notre entreprise sous un jour si favorable qu'une offre, d'un quart inférieur au prix demandé de cinq cent mille francs, fut de suite agréée. Quinze billets à ordre de vingt-cinq mille francs chacun, payables mensuellement, furent donc signés, endossés à l'ordre de M. Robert C. Ogden, à ce moment l'associé à New-York de John

Wanamaker, et le magazine fut à nous.
A vrai dire, nous avions encore à payer
les billets, mais comme l'échéance du
premier n'était qu'à six mois, l'avenir
était plein d'espoir pour nous. Notre joie
quasi aveugle était celle de l'imprévoyant
qui, ayant réglé ses dettes de la même
façon, dit en se frottant les mains :
« Allons, c'est payé et oublions. »

Les dernières paroles de M. Ogden
montrèrent qu'il partageait notre confiance, et à les lire aujourd'hui on leur
trouve une façon de prophétie : « Mes
amis », dit-il en nous quittant, « je sais
que vous réussirez grandement. C'est la
principale raison pour laquelle j'ai considéré votre offre de préférence à d'autres
plus importantes. Je veux voir ce magazine obtenir un grand succès, et, comme
je me retire des affaires, je suivrai avec
intérêt sa croissance. Il me semble être
maintenant dans une situation telle que je

puis le comparer à un pêcher, bien planté et bien soigné, avec des fruits mûrs qui ne demandent qu'à être cueillis. »

Nous avions cependant nos idées propres au sujet de la culture de notre arbre, et dans nos « Conversations avec nos lecteurs », dont nous fîmes une rubrique spéciale, nos intentions furent clairement exposées. Comme nos actes corroboraient nos promesses, la nouvelle se répandit rapidement que *Everybody's Magazine* était différent des autres revues. Un paragraphe, paru dans un journal hebdomadaire bien connu, témoigne de l'impression que nous étions parvenus à créer, et exprime en quelque sorte notre idéal.

Everybody's Magazine commence à être quelque chose de plus que cinquante centimes d'actualités et de littérature d'imagination. Il s'est créé une personnalité bien sienne, une personnalité forte, agressive, pleine d'in-

térêt et de promesses. Jusqu'à présent, ce
magazine s'est enorgueilli de l'actualité de
ses articles, du caractère sain et vigoureux de
sa fiction. Il se trouve maintenant engagé
dans sa propre mission, sa croisade particulière. Un article qui caractérise vraiment son
individualité est celui d'Alfred-Henry Lewis
sous le titre : *La Folie de Trop d'Argent*. On
peut prédire sans crainte qu'il sera lu et
apprécié par le pays entier. D'un bout à l'autre
de ce numéro, le magazine fait preuve de son
intention bien arrêtée de s'éloigner du triste
culte de Mammon et de ses protégés, qui
caractérise si déplorablement les périodiques
contemporains.

Lors de mon entrée dans cette carrière,
nombre d'éditeurs m'assurèrent de leur
vive sympathie ; mais comme je ne suis
guère enclin au pessimisme, j'accueillis
avec plus de plaisir les vœux de bienve-
nue de M. William W. Ellsworth. « Je
vous félicite », dit-il, « vous en tirerez
beaucoup d'amusement. » En tant que
secrétaire de la *Century Company*, il me

semblait plus qualifié que tout autre pour savoir de quoi il retournait, mais j'appréciai mieux la plaisanterie de son message lorsqu'il m'eut raconté une anecdote de Theodore Roosevelt. Rencontrant ce dernier dans Union Square un après-midi de canicule, lors de son stage comme Préfet de police de New-York, M. Ellsworth lui exprima sa surprise de le trouver en ville, le croyant en vacances à sa résidence d'été à Oyster Bay. Cela lui attira la réponse caractéristique de M. Roosevelt : « Croyez-vous que je pourrais m'amuser ailleurs plus que je ne le fais en ce moment même à New-York ? » Il en fut de même avec nous. Notre travail fut dur, mais plein d'intérêt.

Le genre de publicité que j'avais en horreur s'étalait menaçant dans notre magazine et nous présentait un problème des plus épineux à résoudre, car, cette fois, comme les Grecs, elle venait à nous

avec des présents. Ne différant pas en cela
des autres revues, *Everybody's Magazine*,
au moment de notre achat, publiait des
annonces de spécialités pharmaceutiques
et d'autres produits qui ne se confor-
maient pas à l'idéal élevé que je m'étais
proposé. L'épreuve se présenta à nous
sous la forme d'un ordre pour plusieurs
pages de publicité des Orangine Powders,
un remède contre les maux de tête, qui
me parvint quelques jours après notre
prise de possession. A ce moment même,
l'agent de publicité, qui, quelques années
auparavant, avait « retouché » ma lettre à
Cyrus Curtis, entra dans mon bureau, et,
lui tendant l'annonce, je lui demandai
son opinion. Je m'attendais à ce qu'il con-
firmât ma conviction personnelle que,
éditeur moi-même maintenant, je ne pouvais manquer de pratiquer la doctrine
que j'avais si vigoureusement prêchée. A
ma grande surprise il n'en fut pas ainsi.

« D'autres magazines », dit-il, « commencent à refuser ce genre de publicité. Acceptez l'argent qu'ils refusent. Attendez que votre publicité augmente. Vous pourrez alors vous payer le luxe d'être plus difficile. »

Je le remerciai pour son conseil, mais le remède contre le mal de tête n'en retourna pas moins à son propriétaire. Le lendemain j'annonçai à mon associé que les affaires se dessinaient très bien : j'avais déjà refusé plusieurs pages de publicité. Sur sa demande de plus amples renseignements, je lui fis part de la tentation que j'avais surmontée. Il me regarda, les yeux hagards.

« Mais n'était-ce pas une bonne affaire ? » demanda-t-il, « Munsey et les autres magazines prennent cette publicité. »

« Munsey et les autres peuvent se permettre de la prendre », lui répondis-je. « S'il nous est impossible de vaincre sans accepter de la publicité que je refuse depuis des années, eh bien ! nous ferons faillite. Moi, je perdrais mon argent et vous, votre temps. »

Dès lors, j'eus en lui un soutien loyal. Le lendemain nous envoyâmes à tous les agents de publicité un avis leur faisant part de nos intentions. Dans cette circulaire je faisais appel à l'agent, l'assurais de la ferme croyance que nous avions en son amitié, de notre estime pour son jugement. Nous pensions, cependant, qu'en cette occasion il était dans l'erreur, d'où cette circulaire. Nous avions besoin d'argent, mais en cette réforme nous étions des pionniers, non des suiveurs.

Nous commençâmes à faire de la publicité dans les quotidiens. De nos nombreuses annonces, la première m'est restée gravée en la mémoire. Comme notre premier numéro était celui de juin, nous n'augmentâmes notre tirage que de dix mille exemplaires, car la vente d'un magazine diminue sensiblement vers l'été. Huit jours à peine après sa mise en vente, notre édition était épuisée. Mon sens professionnel discerna de suite une occasion de publicité, et, dans le train en route vers mon bureau, je formulai une annonce ayant pour titre « Notre Première Erreur ». J'en donnai lecture à mon associé, et demandai son avis. La journée était accablante et nous étions tous deux épuisés du travail fourni sur notre première édition. Il me dit sans hésitation : « Je n'en vois guère l'utilité ».

« Très bien », fis-je, et l'annonce, en morceaux, alla se perdre dans le panier.

J'avais beaucoup à faire et savais que nous pourrions nous passer de l'aide de cette annonce. Notre succès ne saurait être compromis par une affaire aussi minime. Mais à mon retour de déjeuner,

M. Ridgway me dit qu'il avait réfléchi à
cette affaire, qu'il serait peut-être avantageux après tout de faire paraître l'annonce
que j'avais proposée, et mentionna en
même temps un point auquel je n'avais
pas pensé. Je m'assis donc en face de lui
à notre grand bureau et attendis qu'il eût
écrit l'annonce. Lorsqu'il me passa le
texte :

« Qu'en pensez-vous ? » me dit-il.

« Pas grand'chose », répliquai-je, et
l'annonce de retourner à son auteur.

Là-dessus il déchira le papier et le jeta
au panier.

Le côté comique de notre acte nous
apparut de suite, et nous éclatâmes de
rire. Je proposai alors de reprendre chacun notre texte, et, à nous deux, d'en
rédiger un qui répondît aux besoins.
Nous nous mîmes donc à recoller les
fragments déchirés. L'annonce fut envoyée à tous les grands quotidiens des

États-Unis et eut un vif succès. Notre
secrétaire de rédaction, femme très intelligente, me dit qu'elle l'avait lue jusqu'au bout avant de s'apercevoir qu'elle
venait de nous.

Je ne m'occupais pas du tout de la rédaction du magazine. M. Ridgway dirigeait
ce service avec l'aide de rédacteurs capables, hommes et femmes. Je me réser-
vais, toutefois, le droit de décision finale
au moment d'aller sous presse. Parfois
sur mon avis on supprimait ou rempla-
çait un article ou une illustration. Je m'occupais aussi de la rubrique « Avec les Éditeurs d'Everybody's », qui fut au début
l'une des plus intéressantes du magazine.

J'attendais toujours avec anxiété la copie à la machine de *Frenzied Finance* [1],

---

[1] Traduction littérale : Frénésie de Finance. C'est le
titre d'une série d'articles que Thomas W. Lawson,
financier fameux de Boston, écrivit pour *Everybody's
Magazine*. Dans ces articles il dévoila les méthodes de ses
adversaires, ses alliés d'hier, et surtout de la *Standard*

désirant qu'elle passât par mes mains
avant d'être soumise au service de rédaction. Je me souviens à ce propos d'une
anecdote caractéristique. Dans l'un de
ses chapitres M. Lawson faisait allusion à
une réunion du conseil d'administration

Oil. Ce vaste trust, au capital effectif de 750.000.000 de
francs, possède aux États-Unis un monopole de l'industrie du pétrole et des industries connexes. Il dis-
tribue plus de 200.000.000 de francs de dividendes par an
à ses actionnaires. Le *Système,* c'est-à-dire les grands
financiers à la tête de la Standard Oil, ont obtenu, par
suite d'une entente dans le placement de leurs fonds,
une part dirigeante dans les entreprises les plus importantes des États-Unis, telles que compagnies de chemins de fer, banques, sociétés minières, sociétés d'assurance, etc. C'est à la suite des révélations de Lawson
que le président Roosevelt institua un procès au nom du
gouvernement contre la Standard Oil, dont le résultat
premier fut la condamnation du trust à une amende de
600.000.000 de francs envers le trésor pour avoir exigé
et obtenu des compagnies de chemins de fer, contraire-
ment aux lois américaines, des prix de faveur pour
leurs transports de pétrole. D'autres enquêtes furent
ordonnées en même temps, entre autres celles des compagnies d'assurance, des sociétés de viandes en con-
serves de Chicago. De cette *épuration* résultèrent les
scandales que l'on sait, et à la suite desquels les
valeurs de bourse et les produits industriels des États-
Unis, débarrassés des mauvaises herbes, ont acquis sur
le marché mondial le premier rang qu'elles méritent.

de la *United States Steel Corporation*[1],
pendant laquelle M. Henry H. Rogers, le
grand chef de la *Standard Oil*, ayant,
comme il en avait l'habitude, demandé
qu'on procédât le plus rapidement possible, fut interrompu par le président du
conseil, qui dit avec brusquerie : « M. Rogers votera sur cette question après que
nous l'aurons discutée. » D'une voix que
ses auditeurs décrirent comme ressem-
blant au sifflement d'un serpent à sonnettes dans une glacière, M. Rogers ri-
posta : « Les conseils où je siège comme
administrateur votent d'abord et discutent
après mon départ. » Relisant ce passage
lorsqu'il fut composé, je vis qu'un de
nos rédacteurs avait changé l'espèce du
serpent. Je demandai la raison de ce

[1] Le trust de l'acier des États-Unis, au capital de
6.500.000.000 francs, fondé en 1904 par l'éminent financier J. Pierpont Morgan, promoteur, entre autres, du
trust des paquebots transatlantiques et du récent *trust
de l'or*.

changement. Il me fut répondu que les
serpents n'avaient point coutume d'habiter des glacières et que les serpents à
sonnettes ne sifflaient pas, mais qu'en
conférant à ce sujet, en l'absence du
rédacteur en chef, on avait décidé de
laisser la glacière et de substituer au serpent à sonnettes un serpent qui sifflait.
J'ordonnai à ces champions de la biologie
intégrale de maintenir le texte primitif de
la phrase dans toute sa force et son
originalité. Quelques jours plus tard,
M. Ridgway, en voyage dans l'ouest
des États-Unis, remarqua lui aussi la
modification du texte et télégraphia :
« Que service rédaction change serpent
noir en serpent à sonnettes suivant texte
primitif ».

Celui qui parcourt avec insouciance les
pages d'un magazine, dans la noncha-
lance et le confort de son home, se rend
rarement compte du travail consacré à sa

préparation. Il n'est certes pas sans savoir
que des auteurs ont écrit, des artistes ont
manié la brosse et le crayon, des rédacteurs se sont cassé la tête pour trouver
ces nouveautés qui amusent en instrui-
sant pendant une heure ou deux de loi-
sir, mais de la masse énorme de détails,
ces petits riens importants, il ne sait abso-
lument rien. Qui donc s'imaginerait, par
exemple, que l'éditeur d'un magazine se
préoccupe du temps qu'il fera ? Et cependant c'est un des facteurs principaux qui
entrent en ligne de compte lorsqu'il se
pose chaque mois cette question : « A
combien devrons-nous tirer ? » Un numéro d'avril publié pendant la dernière
partie de mars se vendra très peu si les
jours mauvais sont passés avant son arrivée dans les kiosques. Je dirais qu'une
fin de mars trop douce peut faire une
différence de près de vingt mille dans les
ventes d'un périodique tirant à cinq cent

mille exemplaires. En dehors des caprices
météorologiques, ce n'est pas une affaire
aisée que de fixer le chiffre nécessaire
d'une édition, sauf en cas d'augmentation ou de diminution progressive de
la vente.

D'un autre côté, prenez le dessin de la
couverture. Qui se rend compte de l'effort
qu'a pu nécessiter sa préparation? Lors
de nos débuts, Ralph Tilton, fils de Theodore Tilton, nous fut d'une aide précieuse
dans la résolution de ce délicat problème.
C'est lui qui nous proposa de faire préparer, d'après les dessins mêmes, des clichés autochromatiques, photographiés en
réduction aux dimensions nécessaires.
Bien que la couverture de notre premier
numéro ne fût pas d'un effet artistique
surprenant, deux cœurs gravés sur un
tronc d'arbre, elle différait cependant des
couvertures de tous les autres magazines
et suscita de nombreux commentaires

par son caractère nouveau et senti-
mental. Il formula beaucoup d'autres
idées pour nous, les proposant souvent
en moins de temps qu'il n'en faut pour
l'écrire.

Après le début de la série de *Frenzied
Finance*, les problèmes sans fin qui sur-
gissaient au sujet de la publicité aussi
bien que de la rédaction, nous tinrent si
occupés que tous, y compris le directeur
du service d'art, homme très capable en
son genre, nous éprouvions de la difficulté à trouver de nouveaux dessins;
mais en de telles conjonctures Ralph Tilton ne manquait jamais de nous venir en
aide. Une fois, nous nous trouvâmes dans
une situation des plus critiques, et je lui
téléphonai de me rencontrer à déjeuner
au café Martin. Il ne fut pas long à me
fournir une idée. « Vous dites que votre
article de Lawson traite des opérations de
bourse. Cela me suggère l'idée d'agneaux

et de taureaux [1]. Pourquoi ne pas aller chez un marchand de jouets, acheter une tête de taureau et un petit agneau sur roulettes ? Disposez-les de façon artistique, avec un fond approprié, et vous aurez une bonne couverture. » Ce disant, il crayonna sur la nappe une esquisse non seulement appropriée mais même très frappante. Des suggestions de ce genre stimulaient notre imagination. Je crois qu'une de nos couvertures qui eut le plus grand succès fut celle d'un tigre, photographié directement en couleurs naturelles d'après une magnifique peau de 10.000 francs que j'avais vue à la vitrine d'un marchand de fourrures de Broadway. Je venais de lire la veille le manuscrit de l'article de Lawson, et comme il contenait l'expression : « Ce système cruel, ce

---

[1] En argot américain de bourse, *agneau* signifie le public en général, *taureaux*, les spéculateurs qui jouent à la hausse.

système de tigre », les yeux de la bête
me fixant à travers la vitrine m'arrêtèrent
brusquement. L'association des idées fit
le reste.

Au point de vue commercial, de même
qu'au point de vue de la qualité, *Everybody's Magazine* fut recréé entièrement
pendant les douze premiers mois de notre
direction. Supprimant le système des
abonnements à tarif réduit, nous mîmes
notre liste d'abonnements sur une base
plus solide et, en moins d'une année,
étions parvenus à doubler notre tirage.
Comme conséquence naturelle notre tarif
de publicité s'accrut en proportion. Au
moment de notre achat, le prix de la publicité était de 750 francs la page, 5 francs
par page et par mille exemplaires étant
le tarif généralement admis par les grands
magazines, quoique une vingtaine ou une
cinquantaine de mille fût souvent donnée
en plus pour la bonne mesure. Avec un

tirage de trois cent mille nous pouvions demander 1.500 francs par page et tel était déjà notre tarif lorsque la publication de la série de *Frenzied Finance* commença à augmenter notre tirage à l'allure de plus de cinquante mille par mois.

CHAPITRE XIII

LA DÉCOUVERTE DE TOM LAWSON

Ce fut comme simple soldat dans une compagnie de cadets[1] que je vis pour la première fois Thomas W. Lawson. Je ne le connaissais pas personnellement à ce moment, car il était capitaine, et, même dans les compagnies de cadets, les capitaines et les simples soldats sont séparés par un abîme. Mais j'en avais tant entendu parler au cours de nos exercices dans les environs de Boston que le souvenir de son rôle dans ces épisodes de

---

[1] Milice locale formée de jeunes volontaires. Chacun habite chez soi et s'équipe à ses frais. L'activité principale des cadets se déploie dans les parades et les fêtes locales.

jeunesse persista dans ma mémoire jusqu'au moment définitif où nous fîmes
connaissance.

Dans les vingt et quelques années qui
suivirent, le capitaine des cadets devint
un capitaine de la finance. Si on pouvait
d'un mot caractériser une époque, le mot
de ce quart de siècle serait sans contredit
l'Argent. Jamais on n'accumula avec
une telle rapidité des fortunes aussi colos-
sales ; jamais des hommes d'une intelligence supérieure ne s'adonnèrent avec
autant d'énergie, sans relâche, à un idéal
aussi sordide. En sa qualité d'allié des
financiers les plus éminents, Thomas W.
Lawson possédait de l'histoire intérieure
des États-Unis pendant cette période une
connaissance toute particulière. Lorsqu'un
jour donc, dégoûté des procédés de ses
associés, il annonça son intention de con-
sacrer le restant de sa vie, et de sa fortune s'il le fallait, à dévoiler les méthodes

sans scrupules de la *Standard Oil*, tout
le monde s'attendit à des révélations sen-
sationnelles. Le soir où parut cette nouvelle, je dînais avec notre associé, M. Wilder. Il me dit que si nous pouvions
obtenir de Tom Lawson qu'il écrivît pour
notre magazine l'histoire de l'*Amalgama-
ted Copper*, nous aurions quelque chose
de valeur, quelque chose que le public
serait avide de lire, quelque chose qui
ferait s'accroître notre tirage dans de
notables proportions. L'idée me plut et
le lendemain matin j'en fis part à Ridgway,
lui disant qu'au cas où il serait de mon
avis j'essaierais d'obtenir ce papier. Il me
répondit que Wilder lui avait téléphoné
la veille à ce sujet et, bien qu'il doutât de
notre réussite, il ne voyait aucun inconvénient à tenter la démarche. Cette nuit
même, bien que sans réponse à une dépêche demandant si M. Lawson était en
ville, j'allai à Boston, emmenant avec

moi notre rédacteur en chef, John O'Hara Cosgrave.

Nous rendîmes tout d'abord visite à mon ami, le général Charles H. Taylor, propriétaire du *Boston Globe*. Le général Taylor fut, bien que cela ne soit pas beaucoup connu, l'un des premiers à éditer un magazine à cinquante centimes. Lançant son entreprise sous le nom de *American Homes*, il se trouvait à la veille d'un succès retentissant lorsque l'incendie de 1872-73 de Boston détruisit ses éditions et tout son matériel. Sans ce fâcheux événement, il serait sans doute reconnu aujourd'hui comme le fondateur des magazines au lieu d'avoir concentré son énergie sur le quotidien puissant que dirigent maintenant ses fils. S'intéressant toujours beaucoup aux événements d'un champ qui avait failli être celui de sa gloire, il accéda avec empressement à mon désir et me remit une lettre de pré-

sentation. J'ai souvent vu réussir un simple éclaireur là où échouait la grosse artil-
lerie, je crus donc qu'il ne serait peut-
être pas mauvais de mentionner que,
enfant de Boston moi-même, j'avais jadis
servi dans les cadets sous les ordres de
M. Lawson. Le général Taylor aquiesça,
et M. Lawson me dit plus tard que ce
trait avait porté juste.

Notre première tentative pour le voir
fut infructueuse, mais son secrétaire nous
dit que nous l'avions intéressé, que
M. Lawson désirait savoir exactement
quel genre d'articles nous voulions et ce
que nous comptions faire au point de vue
de la publicité. Puis, vers la fin de la
journée on nous apporta à notre hôtel une
communication écrite à la machine, sans
signature, déclarant qu'il savait exactement ce que nous voulions, mais que,
n'étant pas encore certain s'il consentirait
à écrire ces articles, il désirait quelques

jours de réflexion. Avec ce résultat, qui
pouvait aussi bien être tout ou rien, le rédacteur en chef et moi retournâmes à
New-York.

Le caractéristique de M. Cosgrave est
avant tout sa persistance. Il avait aidé
Doubleday-Page, à éditer *Everybody's
Magazine* sous le régime de John Wanamaker, et, entrant avec nous au moment
de l'achat, il occupait le poste de rédacteur en chef sous les ordres de M. Ridgway.
Il avait déjà fait preuve de grandes capacités, qui, plus tard, lors de la création
de *Ridgway's Weekly*, lui méritèrent le
poste de rédacteur en chef en fait de *Everybody's Magazine*, à un salaire que peu
de rédacteurs pourraient ne pas envier. A
l'époque dont je parle, cette qualité domi-
nante était encore plus forte que maintenant, n'ayant pas encore été atténuée par
l'expérience. Dans l'espoir qu'il parvien-
drait à présenter notre proposition sous

un jour si favorable que M. Lawson ne
saurait refuser, nous l'envoyâmes de
nouveau à Boston. Ce fut sans doute son
siège assidu du bureau du célèbre financier qui lui valut sa réussite finale, car,
après plusieurs jours, M. Lawson fut à ce
point impressionné par sa persistance
qu'il lui accorda une entrevue. Cette conversation fut promptement suivie d'une
conférence qui régla l'affaire à des conditions bien plus avantageuses que nous
n'avions jamais rêvées. En la façon qui le
caractérise, M. Lawson esquissa ce qu'il
espérait accomplir, fit allusion aux maux
qu'il se proposait de dénoncer, puis, nous
déclarant qu'il s'était renseigné à notre
sujet depuis notre première demande
d'entrevue, et qu'ayant trouvé que nous
étions de bonne étoffe, il avait résolu
d'écrire gratuitement les articles pour
paraître dans notre magazine, prenant
même à sa charge la publicité dans les

17

quotidiens. Quelles plus merveilleuses
conditions pourrait espérer un éditeur
de magazine !

Mais où, ainsi qu'on l'a souvent demandé, Lawson trouva-t-il son bénéfice?
Nous-mêmes nous n'en avons jamais rien
su au juste. « Le Remède », dont il nous
donna quelques explications au cours de
notre seconde entrevue, ne devait être
révélé qu'après le dernier feuilleton de
Frenzied Finance. Il croyait que, lorsque,
après la grande chute des trusts, toutes
ces iniquités auraient été dévoilées aux
yeux du peuple américain, et que celui-ci
serait entré en possession des millions
qu'on lui avait volés, lui aussi, en même
temps que le peuple, il récolterait le bénéfice matériel de son œuvre.

Le bénéfice de *Everybody's Magazine*
fut heureusement moins aléatoire. Dans
son premier article, M. Lawson esquissa
de sa façon inimitable ce qu'il se propo-

sait de raconter. Hors-d'œuvre du festin à suivre, cet article aiguisa l'appétit du public américain comme jamais un coktail et un sandwich caviar n'ont chatouillé le palais d'un gourmet. Frappés de stupeur devant le Cheval de Bois, les Troyens furent moins étonnés que nous devant le miracle accompli dans notre tirage. Nous entrevoyions l'incroyable possibilité de posséder un grand magazine sans l'âpre lutte du début d'un Munsey ou d'un Mc Clure. Nous nous voyions, sans souci quant aux besoins matériels de l'existence, nantis du pouvoir de continuer notre lutte pour ce que nous croyions être le bien de tous.

Il ne fut pas permis, cependant, à M. Lawson de récolter sans défi ses lauriers. Le numéro de juillet, dans lequel *Frenzied Finance* commença sa carrière sensationnelle, contenait aussi le premier feuilleton d'un roman dont nous avions conclu la publication longtemps avant

d'envisager le [projet Lawson. Au début
de l'automne, M. Hall Caine accomplit
son pèlerinage annuel à Londres pour
rendre visite à son éditeur. Celui-ci, étant
en rapport avec les États-Unis, fit remarquer à l'auteur que le tirage d'*Everybody's
Magazine* avait augmenté d'une façon
considérable. « Oui », dit M. Caine. « Je
m'y attendais. C'est le magazine américain qui publie mon nouveau roman, *Le
Fils Prodigue*. »

J'eus la bonne fortune d'avoir avec
notre éminent collaborateur de nombreuses entrevues, dont quelques-unes
très intéressantes. Je puis même dire, à
la vérité, bien qu'ayant attendu des
heures, des jours parfois, pour le voir,
si nombreuses étaient ses occupations,
que je n'ai jamais regretté mon attente.
Causeur émérite, sa conversation ne le cé-
dait en rien à son style, qui possède une
vigueur particulière. Mes visites avaient

trait surtout à l'exploitation de *Frenzied Finance*. Lorsqu'il nous avait promis cette histoire, nous avions discuté bien des plans de publicité. L'un consistait à offrir un prix de 250.000 francs pour le meilleur essai sur *Frenzied Finance* à la fin de sa publication. Comme M. Lawson avait posé cette condition, nous nous étions empressés de consentir, croyant toutefois, ainsi que je réussis à l'en persuader plus tard, qu'il était des moyens de propagande plus frappants. Les annonces mensuelles dont nous faisions précéder chaque numéro nécessitaient une vraie course contre la montre. Les éditeurs de magazines envoient d'ordinaire à l'avance aux journaux leurs annonces pour le numéro à venir, en indiquant la date de l'insertion qui doit coïncider avec le jour de publication du magazine. Il ne nous fut jamais possible de nous conformer à cette coutume. Écrites par M. Lawson l'après-midi même de la veille d'apparition du magazine, les annonces de *Frenzied Finance* étaient composées et clichées par un journal de Boston, et télégraphiées de suite aux autres journaux des États-Unis. Parfois, l'annonce étant prête à temps, on put la porter à New-York, et, de là, la téléphoner aux villes environnantes telles que Philadelphie, Baltimore et Washington. Mais ces occasions d'économie étaient rares.

Le joignant tard un après-midi pour une de ces consultations de dernière heure, je trouvai son bureau encombré de lettres, de télégrammes et de chèques, le tout en réponse à une de ses grandes annonces financières de la veille. Il constituait un vaste syndicat de vingt-cinq millions de francs pour déterminer la baisse de *American Smelting* et de certaines autres valeurs qui étaient, selon lui, à une cote exagérée. Ces valeurs devaient, grâce à ce syndicat, être ramenées à leur

cote normale. Les gens riches étaient
seuls invités à en faire partie et le
plus petit chèque acceptable était de
125.000 francs. Ramassant une de ces
lettres avec le chèque qui l'accompagnait,
il me tendit le tout en disant : « Voilà,
Thayer, un chèque assez intéressant ».
Le montant en était de 250.000 francs ;
la lettre qui débutait « Mon cher Tom »,
disait brièvement que son auteur avait
confiance en l'entreprise et que peut-être
dans le courant de la semaine doublerait-
il sa souscription. Le chèque et la lettre
étaient signés « Russel Sage », l'homme
réputé le plus riche et le plus économe
des États-Unis. Étant donné qu'en ses
articles M. Lawson n'avait guère ménagé
sa façon de parler de cet estimable avare,
j'étais assez surpris. Le chèque portant le
paraphe illisible d'un caissier de banque[1],

---

[1] Cette certification de signature indique que la banque
se porte garant du montant du chèque.

il ne me vint pas l'idée de douter de son
authenticité. Quelques jours plus tard,
me trouvant par hasard dans les bureaux
du vice-président de la Corn Exchange
Bank, sur laquelle ce chèque était tiré, je
vis un autre chèque qui venait d'être con-
tresigné par le caissier de cette banque,
et m'aperçus alors que le syndicat des
vingt-cinq millions comptait un membre
de moins. Lorsque je revis M. Lawson,
je lui reprochai de m'avoir volontairement
induit en erreur. L'étonnement dans ses
yeux bleus se changea en douce gaieté
lorsque je me mis en devoir d'expliquer.
« C'est licite », me dit-il. « Ce chèque me
fut envoyé par plaisanterie, j'ai voulu
vous en faire bénéficier. »

Au cours d'un de mes voyages à Boston,
j'eus la chance d'être témoin de sa rencontre sensationnelle avec le colonel
Greene, un des plus grands spéculateurs
sur les valeurs minières. Celui-ci, en des

annonces d'une page entière dans les
journaux, avait gratifié l'auteur de *Frenzied Finance* de toutes les épithètes ima-
ginables, menteur, fakir, charlatan, et
déclaré qu'il se proposait de prendre un
des premiers trains pour Boston pour
régler son adversaire. Le jour même où
parut cette annonce, nous reçûmes un
télégramme d'une ville du Far West,
adressée à M. Lawson et ainsi conçu :
« Bravo mon vieux. Vous accomplissez
une œuvre méritoire. D'autres que le
colonel Greene ont des encoches sur la
crosse de leur fusil. [1] Je prends le premier train pour Boston pour vous être
utile si possible ». Je pris aussi le premier
train pour Boston, dans l'espoir d'arriver
avant ces deux redoutables combattants.

Dans les journaux du matin parut une

[1] Allusion à une vieille coutume du Far West qui
consistait à faire une encoche sur la crosse de son fusil
pour chaque homme qu'on avait tué.

annonce de Lawson au colonel Greene,
dans laquelle notre collaborateur disait
que son bureau renfermait des objets
d'art auxquels il tenait beaucoup et qu'il
préférait, par suite, que la rencontre eût
lieu en face du vieil hôtel de ville où le
sang de patriotes avait déjà coulé. Une
foule se pressa pendant de longues
heures à l'endroit historique, mais le
colonel Greene ne parut point. En raccom-
pagnant M. Lawson chez lui ce soir-là,
je fus régalé de nombreux épisodes de sa
vie, au cours desquels il avait vu avorter
maints attentats à ses jours. J'engageai
une chambre pour la nuit à l'hôtel de
Touraine et l'employé du bureau me télé-
phona le lendemain matin à la première
heure pour me prévenir que M. Lawson
venait de faire passer sa carte au colonel
Greene descendu au même hôtel que moi.
M'habillant à la hâte, sans déjeuner, je
descendis juste à temps pour être témoin

de la rencontre des deux adversaires dans
le corridor de l'hôtel, et de monter avec
eux aux appartements du colonel Greene.
On ne se servit point d'armes en cette
rencontre. Ce fut une bataille de mots,
dont l'auteur de *Frenzied Finance* sortit
facilement vainqueur.

Vers cette même époque, M. Lawson
figura dans un événement auquel je fus
loin d'être étranger. J'ai fait allusion
dans un chapitre précédent au touchant
hommage que me rendirent mes amis de
Philadelphie. Ce souvenir demeura un
des plus doux des années qui suivirent,
et je chérissais l'espoir qu'un jour viendrait où il me serait donné de prouver
ma reconnaissance. Au mois de janvier 1905, cette pensée que je nourrissais depuis une décade se cristallisa en
un plan définitif. Je décidai d'offrir moi-
même un dîner et d'y inviter, non seulement mes amis d'antan, mais aussi

les nouveaux apparus sur mon horizon.

Les dîners officiels sont souvent un sujet d'ennui, et à moins qu'un Patrick Francis Murphy ou un Simeon Ford ne doive parler, l'homme qui aime son foyer et sa famille les évite religieusement. Les dîners privés, sans quelque fait amusant, sont également peu intéressants. Je me promis donc de régaler mes invités d'une façon originale. Aucune liste d'invités ne fut envoyée, aucun membre de la presse admis, aucun discours annoncé. Malgré tout, les journaux de New-York et de diverses autres villes publièrent un compte rendu du dîner. Celui qui suit a son côté humoristique :

LAWSON DE BOSTON
FAIT LA PROSPÉRITÉ D'UN MAGAZINE

L'Éditeur de « Frenzied Finance »
offre un dîner au Saint-Régis sur des assiettes d'or.
Lawson fait un discours par téléphone.

New-York, 20 février. (De notre correspondant spécial.) — John Adams Thayer, secrétaire-trésorier de la société d'édition *Ridgway-Thayer*, a offert un dîner ce soir à l'hôtel Saint-Régis[1] pour commémorer son anniversaire de naissance. Incidemment le dîner célébrait aussi la prospérité de *Everybody's Magazine* depuis que ce dernier est devenu l'intermédiaire par lequel Thomas W. Lawson s'exhibe en démasquant autrui.

Ce fut, en vérité, un festin digne de célébrer six mois de chasse au démon Argent. Autour de Thayer se trouvaient une quarantaine d'amis. Quelques-uns d'entre eux partagent sa prospérité actuelle, mais la plupart sont des hommes avec lesquels il a été en affaires autrefois. Leurs invi-

[1] Lorsque l'hôtel Saint-Regis ouvrit ses portes il se targua d'être le plus cher au monde sous tous les rapports. Les histoires les plus extravagantes circulèrent à son sujet. Douze francs pour une côtelette de mouton et cinquante francs pour un poulet rôti étaient les prix cités dans un aperçu du menu du restaurant.

tations avaient été gravés en fac-similés de l'écriture de Thayer. Comme plaisanterie d'un ordre plus jovial ils avaient reçu en même temps une carte leur donnant droit d'entrer par la porte principale de l'hôtel Saint-Régis.

Le dîner fut servi sur une modeste collection d'assiettes que l'hôtel classe sous la rubrique « service spécial en or pour banquets ». Les menus étaient reliés en cuir marron, et renfermaient une lettre de Lawson à Thayer, soigneusement protégée par Thayer quant aux droits d'auteur, interdisant ainsi sa reproduction par de vulgaires journaux.

Des téléphones se trouvaient à la place de chaque invité, et à dix heures l'inévitable Thomas Lawson, qui est à Boston, fut mis en communication avec tous en même temps. Il parla pendant vingt minutes. Quelques-uns de ses auditeurs dirent que ce serait très mal de leur part de

révéler le sujet de son discours. D'autres
dirent tout simplement qu'ils ne s'en sou-
venaient pas.

Ce qu'il y a de certain, c'est que Lawson
fut aimable envers l'hôte de ce soir, et le
complimenta sur sa prospérité en combattant les armées de l'Avidité et leur vulgaire déploiement de richesses mal acquises. De même, il dit que par le passé,
le présent et l'avenir la finance du monde
n'était connue que d'un seul homme et
que cet homme se trouvait au téléphone,
à Boston.

Le discours par téléphone de M. Lawson n'eut pas un caractère très sérieux. Sa
lettre, par contre, était tout autre, quoique bien caractéristique. Elle était intitulée « Bouclant la Boucle de la Vie »,
et lecture en fut donnée par M. Ridgway
qui possède de merveilleuses qualités
oratoires. Les droits d'auteur ayant été

réservés au moment où elle fut écrite,
cette lettre est publiée ici pour la première fois.

Boucler la boucle de la vie, telle est l'existence. Le Temps, ce vieux patron du cirque
où est installée la vaste boucle, fait claquer
son fouet dès que l'homme pose le pied sur
la terre, cette sphère volante, pour commencer son merveilleux voyage au pays du
soleil, de la lune et des étoiles, jusqu'à la
chambre enchantée au bout du monde. Autour
de la grande orbite, l'homme vole à travers
les jours du printemps et de l'été, et, au-
dessus de la musique des sphères, se fait
entendre le claquement du fouet du Temps
signalant le passage des années, faible d'abord,
plus fort à mesure que les ombres de l'automne nous enveloppent, puis avec le gron-
dement sourd du tonnerre dès qu'on entre
dans les grises régions où règne l'hiver. Ce
soir, le claquement du fouet perce vaguement
l'air, et nous, qui nous cramponnons près de
vous sur cette sphère, nous nous réjouissons
que son cours ne soit que dans la partie
moyenne de la boucle, que devant nous
s'étendent encore des jours radieux de course

à travers l'espace semé de soleils, de cons-
tellations accrochés au ciel pour notre délec-
tation. Bien loin, dans la brume d'un rêve,
est la chambre enchantée. Que nous importe
donc, tant que nous nous maintenons solidement sur la sphère, et le jeu des éclairs, et
le vent froid qui siffle dans les endroits sau-
vages, déserts, et le sombre gardien qui
veille à la porte de la chambre enchantée !
L'envolée de ce soir est embaumée du parfum
des jardins étoilés ; demain nous cueillerons
le fruit mûri dans les vergers d'Orion, et
avant que le fouet du Temps n'ait claqué
de nouveau, qui sait à travers quel royaume
d'Aladin nous volerons peut-être ! Soyons
donc heureux, heureux de la vitesse et de la
beauté, du parfum et du coup d'œil, mais,
par-dessus tout, que le Destin nous ait placé
les uns auprès des autres sur cette sphère et
que, l'écho du fouet du Temps perçant encore
l'air, nous puissions nous serrer la main et
nous sentir assurés que quelle que soit la
tempête qui s'abatte sur nous, nous ne serons
pas seuls à l'affronter.

Je possède deux livres de M. Lawson
avec une dédicace personnelle de l'au-

teur. L'un d'eux est *L'Histoire de Lawson et de la Coupe de l'Amérique*, l'autre, *Frenzied Finance*. Dans ce dernier, il écrivit :

Mon cher Thayer,

Aussi sûrement que l'eau affectionne son niveau, les ballons abondonnés le ciel, et les valeurs de bourse la baisse, le crime poursuit son auteur.

Vous vous attendiez peu, lorsque le général Taylor vous envoya vers moi avec un mot, que nous serions vous et moi condamnés à voyager de concert dans un véritable enfer sans extincteur d'incendie et sans police d'assurance. Mais nous vivons pour apprendre.

Afin de vous prouver que c'est ce que je fais et qu'au cours de mon voyage je cueille des fleurs au buisson du pardon, je vous souhaite à vous et aux vôtres un Noël des plus joyeux. Croyez-moi

Bien vôtre,

THOMAS W. LAWSON.

Boston, ce 25 décembre 1905.

CHAPITRE XIV

LE DIVORCE

La publication par séries de la grande
œuvre de M. Lawson commença en juillet
et, comme c'est la coutume de donner
à la couverture du numéro de ce mois
une teinte patriotique, la couverture de
cette livraison s'ornait d'un aigle, ailes
déployées, et du drapeau américain imprimé en couleurs éclatantes. Le rouge, le
blanc et le bleu attirèrent beaucoup l'attention dans les kiosques. Cela attira aussi
l'attention du préfet de police de Boston,
qui déclara que l'emploi du drapeau
américain comme moyen de publicité
entraînait l'interdiction de la vente de
ce numéro. Les vendeurs de journaux

à Boston décidèrent, cependant, que leurs clients seraient fournis, même sans les couvertures, et firent part de cette décision au moyen de larges écriteaux. L'interdiction du préfet fut, par suite, reproduite et commentée dans les journaux, ce qui ne fit qu'augmenter nos ventes dans Boston et les environs. Voyant là l'occasion d'aider nos ventes dans les autres régions, je fis un voyage rapide à Boston, et eus une entrevue avec le Préfet. Il fut la gracieuseté et la politesse mêmes, tout en me disant qu'il ne pouvait que suivre la loi à la lettre et interdire la vente du magazine. Après cette entrevue, j'accordai une interview aux journaux de Boston, rendis compte de notre conversation et déclarai que les éditeurs de *Everybody's Magazine* n'avaient pas la moindre intention de profaner le drapeau américain, que nous ne considérions pas la couverture comme un

moyen de publicité, et que notre désir
était d'encourager plutôt que de décou-
rager le patriotisme.

Nous remplaçâmes, dans la seconde
édition alors sous presse, cette couverture
par une autre reproduisant en fac-similé
de nombreuses coupures de journaux
ayant trait à la suppression de la première édition. J'envoyai des épreuves de
ces fac-similés aux rédacteurs en chef de
tous les journaux du pays, leur demandant, en tant que défenseurs du droit et de
la justice, de reproduire quelques-unes de
ces coupures avec ou sans commentaires.
Le fait que nous étions nous-mêmes à
ce moment, par nos annonces, de grands
clients de ces journaux nous aida beaucoup, et cette somme immense de publicité gratuite eut comme résultat la vente
de notre seconde édition. En bien des localités, ce numéro se vendit trois et quatre
fois son prix habituel, et d'extraordinaires

histoires nous parvinrent de la façon dont
le magazine passait de main en main. Une
lettre émanant d'une petite ville près de
Québec nous informa qu'un exemplaire
du magazine avait été lu par quarante-
cinq personnes différentes.

Puis commença la demande incessante
pour les numéros précédents. Si grande
fut cette demande que nous imprimâmes
une petite brochure intitulée *Les Chapitres
Précédents* et ceci aida beaucoup à mettre
Frenzied Finance entre les mains de tous.
Bien que le numéro d'août excédât de cinquante mille exemplaires le tirage de celui
de juillet, il fut néanmoins de vingt-cinq
mille inférieur à nos commandes. Mois
par mois nous fîmes marcher plusieurs
imprimeries à leur capacité maxima, jusqu'à ce que, moins d'une année après le
début de la série des articles de M. Lawson, nous annonçâmes une édition d'un
million, chiffre qu'il avait lui-même prédit.

Entre temps nous fûmes obligés d'effectuer une véritable révolution dans notre publicité. Notre tirage croissant avec la rapidité étonnante que je viens de décrire, il nous sembla juste que notre tarif de publicité augmentât au prorata. Nous nous trouvâmes, cependant, dans une situation des plus difficiles, car la coutume exigeait un avis d'une année pour toute augmentation de tarif. La situation exceptionnelle semblait justifier des mesures exceptionnelles et nous décidâmes de rompre avec les traditions en annonçant une augmentation immédiate, à 2.000 francs la page. Afin de convaincre nos clients de publicité du caractère exceptionnel de ces circonstances, nous fîmes imprimer l'avis en deux couleurs sur papier du Japon, et, afin de lui donner l'apparence d'une proclamation, apposâmes au bas la signature du secrétaire et le sceau de la société. Et cependant,

avant même qu'un tarif de 2.000 francs
par page fût réellement en vigueur, notre
tirage s'était encore accru avec une telle
rapidité que nous nous sentions assurés
d'atteindre sous peu le chiffre d'un million. Nous établîmes donc un prix de
cinq francs par page et par mille de
tirage, avec cent mille de boni, mais ceci
fut de courte durée. Les clients veulent
savoir à l'avance ce qu'ils auront à payer,
sans quoi il est impossible d'ordonner le
budget.

Cette hausse rapide de notre tarif détermina une hausse parallèle dans le prix de
notre dernière page de couverture, car
cet emplacement est évalué dans tout magazine à quatre fois la valeur d'une page
ordinaire. Il nous arriva qu'une de nos
quatrièmes pages ne fut pas vendue à
l'avance. Il nous restait une semaine pour
trouver acquéreur au prix fixé. J'étais très
perplexe. Nous avions annoncé une édi-

tion d'un million d'exemplaires, et cet
emplacement qui, au prix ancien, avait
rapporté jusqu'à 10.000 francs, avait
maintenant doublé de valeur. Qui donc
achèterait une page de 20.000 francs ?
J'eus alors une inspiration. Pourquoi ne
pas offrir cette page par voie de publicité ? Cela ne s'était jamais vu il est vrai,
mais si quelque chose de valeur pouvait
se vendre grâce à la publicité, pourquoi
n'en serait-il pas de même de notre page
de couverture ? Cette idée me vint un
matin de bonne heure, à l'heure où nous
viennent les rêves, et elle m'apparut si
forte, si distincte, que je me levai de suite
et rédigeai l'annonce. Le jour même de
son insertion dans le *Sun* du matin, mon
annonce nous amena un client.

C'était alors l'âge d'or de la publicité,
et avec l'accroissement du champ et le
manque de spécialistes, j'eus bientôt à
payer 75.000 francs par an, avec un con-

trat pour trois ans, l'homme extraordinai-
rement capable qui me soulagea du service de publicité de *Everybody's Magazine*.

Donnant à nos lecteurs le même
nombre de pages de texte que des magazines tels que *Harper's* et *Century*, nous
nous sentions en droit de demander
comme eux plus de cinquante centimes
par exemplaire. Mais augmenter ainsi le
prix de vente d'un magazine est chose
fort délicate. Je me rendais parfaitement compte des difficultés, car le *Ladies' Home Journal* avait doublé son
prix de vente quelques années avant
mon entrée au service de cette publication, et j'avais étudié tout particuliè-
rement cette phase de l'édition. Avec
notre tirage croissant sans cesse et notre
tarif de publicité relativement bas, car
les prix plus élevés quoique annoncés
n'étaient pas encore en vigueur, nos béné-

fices étaient maigres. A soixante-quinze centimes l'exemplaire, il y aurait peu de diminution au point de vue du tirage. Le tout était de trouver le moment propice pour effectuer ce changement. Sur ces entrefaites les journaux nous firent un matin la gracieuseté d'annoncer que *Everybody's Magazine* allait être supprimé. L'avocat de M. Henry H. Rogers, le grand manitou de la *Standard Oil*, avait écrit à l'*American News Company*, la messagerie de journaux la plus importante des États-Unis, que si notre magazine était distribué et mis en vente par eux, ils seraient poursuivis devant les tribunaux. Le tramway dans lequel je me trouvais ce matin-là me semblait ramper comme une tortue. Dès mon arrivée au bureau, je courus trouver M. Ridgway.

— Voici le moment ! lui criai-je.

Avec la dignité d'un ministre plénipotentiaire en mission officielle, mon compagnon de labeur s'assit plus au fond de son fauteuil et me regarda en souriant.

— Sans doute, mais pour quelle action ? demanda-t-il.

— Pour augmenter notre prix !

Mon associé prit feu à son tour. En un instant il fut au téléphone, en communication avec notre imprimeur, faisant arrêter le tirage et effectuer le changement. La publicité gratuite que nous donna le nom magique de la *Standard Oil* fut si grande que toute l'édition du mois, fut vendue le jour même.

Notre horizon fut parfois troublé de nuages dépourvus de reflet argenté de la publicité gratuite. Nous ne nous préoccupions guère de l'argent pour payer nos employés, le papier, l'imprimeur ; ces cauchemars pouvaient hanter le sommeil d'autres éditeurs, nous mettions en pratique, pour notre part, l'exhortation célèbre de Danton : « De l'audace, encore

de l'audace, et toujours de l'audace ! »
Les situations les plus émouvantes que
nous eûmes à affronter avaient trait surtout à la personnalité de M. Lawson.
Un des épisodes de ce genre eut comme
point de départ un portrait de M. J. Pierpont Morgan, auquel M. Lawson faisait
allusion dans un de ses articles. N'ayant
pu nous procurer une bonne photographie
pour la reproduction, nous avions demandé à M. Lawson s'il en avait une dont
nous pourrions faire usage, et nous avions
fini par faire un cliché d'après une gravure qui était en elle-même une œuvre
d'art. Dès la mise en vente du magazine
nous reçûmes la visite de l'éditeur de la
gravure, édition restreinte à 250 francs
l'épreuve. Notre visiteur avait pour lui la
loi des droits d'auteur en matière de pro-
priété artistique, déclarant explicitement
qu'il pouvait nous réclamer 5 francs pour
chaque impression que nous avions

faite de la gravure. Etant donné que
notre tirage s'élevait ce mois-là à sept cent
mille exemplaires, nous étions passibles
de 3.500.000 francs de droits d'auteur.
Ce fut un après-midi des plus intéressants.

Un autre incident, tout aussi déconcer-
tant, se produisit tandis que nous nous
préparions à publier *Frenzied Finance*
en librairie. Des amis littéraires de
M. Lawson lui avaient conseillé de remanier son œuvre avant de la laisser paraître
en volume, et il suivit ce conseil. Au dernier moment, cependant, par un revirement d'auteur, il revint à la forme primi-
tive sous laquelle son œuvre avait paru
dans notre magazine. Comme nous étions
très désireux de publier promptement le
premier volume, ce contre-temps nous
embarrassa fort, mais nous activâmes le
travail, et, plus de la moitié du livre de
composé, nous nous félicitions déjà de

notre célérité, lorsque M. Lawson en un
long télégramme nous ordonna de sus-
pendre notre travail. On peut se faire une
idée de notre découragement en apprenant qu'il préférait un autre genre de caractères et que le livre entier devrait être
composé à nouveau. Il ajoutait que l'amour
de toujours tout changer était inné en lui,
et nous pria de nous reporter à ce sujet
à une remarque du procureur général
Jérôme lors d'un banquet à Kansas City.
En cette circonstance, le dîner étant en
l'honneur de M. Lawson, M. Ridgway
s'était exprimé en ces termes : « Lorsque
Dieu eut besoin d'un père pour le Pays de
la Liberté, il créa un Georges Washington ; lorsqu'il eut besoin d'un émancipa-
teur pour ce Pays, il créa un Lincoln ;
lorsqu'il eut besoin d'un sauveur pour
ce pays, il créa un Lawson ». M. Jérôme,
dont le tour de parler vint ensuite, para-
phrasa cette envolée éperdue en disant

que, à son point de vue, lorsque Dieu
créa Lawson il avait besoin de quelqu'un
pour faire un tapage de tous les diables.

Au moment où parut le dernier article
de *Frenzied Finance* notre tirage se
maintenait entre cinq et six cent mille
exemplaires par mois. Bien avant, cependant, nous nous étions efforcés de créer
un magazine, qui, en dehors des articles
de Lawson, vaudrait pleinement son prix,
et il s'ensuivit que la majeure partie de
notre tirage fut maintenue. Avec un revenu
de publicité considérablement augmenté,
non seulement nos dividendes étaient
intéressants, mais nos appointements
étaient aussi plus importants. Il me vint
des visions de posséder un jour ma demeure à moi et une ou deux automobiles.
Le magazine était sur une base tellement
solide qu'il faudrait des années de mauvaise gestion pour déprécier l'affaire.
Ayant trouvé un directeur capable pour

se charger du service de la publicité, je
pris mes dispositions pour voyager beaucoup, à tour de rôle avec mon associé.
J'eus même l'idée de faire le tour du
monde. Je résolus, toutefois, de voir
d'abord l'Amérique, et fis bientôt un
voyage en Californie. Je dînai au *Poodle
Dog* à San Francisco, pêchai à l'île Cata-
lina, parcourus le Grand Cañon de l'Ari-
zona, passai un après-midi et une soirée
délicieux avec le professeur John Muir
sur les confins de la Forêt Pétrifiée et
revins à New-York dans le wagon privé
de M. Wilder.

Il y avait deux mois que j'étais parti.
Pendant mon absence M. Ridgway avait
conçu des plans ambitieux pour la création d'une feuille hebdomadaire. Ce
devait être un journal national, publié
sous le titre de *Ridgway's* — « Pour
Dieu et pour la Patrie. » D'un intérêt à la
fois local et national, il devait être publié

le même jour dans quatorze des plus
grandes villes des États-Unis avec un
directeur et des aides responsables dans
chaque ville. Le bureau d'informations
de Washington devait être le point important de l'affaire. Le peuple des États-
Unis devait être minutieusement renseigné sur ce que son gouvernement
faisait de ses milliards. A New-York
seul, un corps de six à dix reporters et
de rédacteurs devaient glaner l'histoire de
la semaine et la télégraphier le vendredi
à chacun des centres de publication du
Ridgway's. Celui-ci devait, en outre, suivant le prospectus de lancement, publier
des contes et nouvelles des meilleurs
auteurs.

Je n'approuvais pas ce rêve grandiose.
J'avais risqué mon tout à l'établissement
de *Everybody's Magazine*, et maintenant
que nous avions liquidé nos dettes, je
désirais voir de l'argent en caisse avant

de songer sérieusement à une autre publication. Je conseillai donc à mon associé
de mettre cette idée de côté pendant une
année ou deux, d'attendre que nous
soyons mieux placés pour l'envisager.
Que cette publication dût être appelée
le *Ridgway's*, cela n'était pas pour me
prévenir contre elle, car au moment de
former la société *Ridgway-Thayer* je lui
avais moi-même donné son nom, disant
à mon associé qu'il lui faudrait en être le
Président et que je prendrais les postes
inférieurs de Secrétaire et de Trésorier.
Bien que surpris qu'il ne consentît pas à
retarder la création de son hebdomadaire,
je fus encore plus étonné lorsque le projet fut approuvé par notre associé,
M. Wilder. Celui-ci, au cours de notre
vie d'affaires, avait joué le rôle d'arbitre
dans nos divergences d'opinions, fort
rares à la vérité, et j'étais certain qu'en
cette circonstance, ainsi que dans les oc-

casions précédentes, il se rangerait à mon avis. Je me trouvai cependant dans la minorité. Leur idée était une autre « Armée combattant pour le Bien Commun ».

J'avais jusqu'alors soutenu une longue et âpre lutte pour mon pain quotidien, et avant de prendre sur moi de combattre pour autrui sur cette vaste échelle, je voulais me voir retranché de telle sorte que je n'eusse plus à m'inquiéter de mes besoins personnels. Mais j'étais entre le marteau et l'enclume. L'un de mes associés était doué comme peu d'hommes le sont, et possédait, en outre, plus que sa part de biens terrestres. M. Ridgway était nanti de son intérêt dans *Everybody's Magazine* et rongé de l'ambition de planter son étendard sur des cimes vertigineuses. Le divorce s'imposait donc comme unique solution. Il vint rapidement. Vendant à mes associés la plus grande partie de mon intérêt dans notre magazine à un prix qui fut considéré équitable, mon « indemnité de bouche » fut, de plus, accrue par la continuation de mon salaire pendant trois ans. S. S. Mc Clure et John S. Phillips, de Mc Clure's Magazine, se séparèrent aussi vers cette époque, mais le sentiment qui accompagna la rupture entre ces deux camarades de collège et amis intimes ne joua aucun rôle dans ma séparation de M. Ridgway. Nous avions été simplement compagnons de labeur à une tâche commune pendant trois années heureuses de vie d'affaires. D'autres liens m'attachaient à M. Wilder.

Depuis, il a coulé beaucoup d'eau sous le pont. La feuille hebdomadaire que j'avais opposée ne fut qu'un beau rêve et « rose elle a vécu ce que vivent les roses... ». Ses dix-neuf numéros causèrent à mes amis une perte de plus d'un million et demi de francs ! Mais *Every-*

body's Magazine, solidement établi, a
acquis de jour en jour de nouvelles forces.
Au moment de clore ce chapitre, je viens
d'apprendre par les journaux que la Butterick Company, propriétaire de *The
Delineator* aux destinées duquel j'avais
jadis présidé, vient, par une augmentation
de capital de quinze millions de francs,
de se rendre acquéreur de *Everybody's
Magazine*. Quinze millions de francs en
actions de la Butterick Company pour la
publication qu'en 1903 nous avions
achetée trois cent soixante-quinze mille
francs ! Elle les vaut, même davantage.

Depuis, j'ai joui pleinement des vacances que j'avais méritées. Le lecteur
qui m'a suivi jusqu'à la fin, comme un
compagnon de lutte pendant trente-cinq
ans, se rendra compte de ce que la vie a
été pour moi. J'ai vu nombre d'hommes et
de villes. J'ai fait le tour du monde. Et, en
vérité, c'est une sphère bien petite. Même

aux Indes, mes yeux tombèrent sur l'af-
freuse annonce d'un remède de charlatan
« Maman Avait Perdu Tout Espoir », et
en reconnaissant l'une après l'autre des
spécialités pharmaceutiques connues, exi-
lées de leur terre natale, je m'aperçus que
le païen en son aveuglement s'agenouille
devant d'autres idoles que ses simples fé-
tiches de bois et de pierre.

Au cours de mes vacances, il me revient toujours à l'esprit ce conseil de mon
vieil ami d'antan : « Ne tombe pas dans
une ornière. » Et je songe souvent à ceux
qui, retirés temporairement des affaires,
ont perdu à jamais tout désir de reprendre
leur tâche dans le labeur de l'humanité.
Et je me demande alors si cette vie heureuse commence à devenir pour moi une
habitude ? Si je ne tombe pas dans une
ornière de vacances ? Et je me dis à moi-
même : « Attention ! »

TABLE DES MATIÈRES

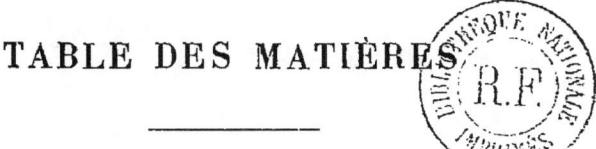

ÉVREUX, IMPRIMERIE CH. HÉRISSEY, PAUL HÉRISSEY SUCC⁺

www.ingramcontent.com/pod-product-compliance
Lightning Source LLC
Chambersburg PA
CBHW071848020726
47502CB00003B/656